湯島天神坂
お宿如月庵へようこそ

中島久枝

JN211141

ポプラ文庫

目次

湯島天神坂
お宿如月庵《きさらぎあん》へようこそ

中島久枝

プロローグ

夜更けに半鐘《はんしょう》が響いた。

火事だ。

十五歳の梅乃《うめの》は飛び起きた。

その日、梅乃は下谷《したや》にある長屋に一人だった。両親は亡くなって二歳上の姉のお園《その》と二人暮らし。そのお園は上野《うえの》の油問屋播磨屋《はりまや》で働いていて、今日は泊まりになるかもしれないと言われた。

激しく戸を叩く音がする。

戸を細く開けると、隣に住むお清《きよ》が心配そうな顔で立っていた。

「今日は、梅乃ちゃん一人？　お園ちゃんはまだお店？」

梅乃はうなずいた。やせっぽちで色が黒いので、いつもお園にごぼうとからかわれている。元気がいいが泣き虫で、くりくりとよく動く大きな目が愛らしい娘だ。

お清の亭主の常《つね》が顔を出した。

「火の勢いがすごい。俺たちといっしょに、あんたも逃げたほうがいい」

「だけど、おねぇちゃんが……」

「ここで待ってたってしょうがねぇよ。火が収まったら、また戻ってくりゃいい」

外に出ると、西の空が奇妙に赤く染まっていた。空気が熱い。常は片手に道具箱を抱え、もう片方の手で三歳の息子の春太《はるた》と手をつなぎ、お清は風呂敷包みを背負っていた。

梅乃もあわてて家に入り、財布と米を風呂敷に包んで持った。外に出ようとして、お守り袋を忘れたことを思い出して引き返した。

広い通りに出ると、向こうからやって来る人の群れが見えた。逃げて来た人たちだった。

「急ごう」

常が低い声で言った。

人の流れは坂の上の方に向かっているらしい。

「おとぉちゃん、足が痛いよ」

歩き始めてしばらくすると、春太がぐずりだした。眠いのかもしれない。常が春太をおぶった。

まだ夜明けは遠く、空の半分は暗い。どこからともなく逃げてきた人々が集まって、道は祭りの日のように混みあっている。

火事になったら火消が出る。だが、火消は水をかけて火を消すわけではなく、延焼を防ぐため、燃えていない家を壊すだけだ。今夜のように風が強く、乾燥して、家が密集していたら、火消の仕事は追いつかない。火は町全体を飲み込んで、広がっていく。

三年前の大きな地震を思い出した。その時の火事で父が亡くなり、上野にあった和菓子屋も閉めることとなった。

おねぇちゃんは無事なのだろうか。

梅乃は不安になった。

お園は困っている人を見たらほっておけない質《たち》だから、だれかを助けようとして火の中に飛び込むかもしれない。小さい子や足の悪い人を背負って走っているかもしれない。

母に次いで父が亡くなって梅乃の肉親はお園だけになった。

「これからはおねぇちゃんが、梅乃のおとっつぁんでおっかさんだよ」

お園は気丈に言った。梅乃はそんなお園を頼もしく思い、甘えてきた。

おねぇちゃんに何かあったらどうしよう。

梅乃は胸が苦しくなった。泣きそうになった。でも、我慢した。

「梅乃ちゃん、大丈夫？　ついて来ている？」

前を歩くお清がたずねた。

「すぐ後ろにいます」

「火がこっちに来るぞ」

どこからか叫び声が聞こえた。

早く逃げなくてはと気持ちは焦るが、前にも横にも人がいっぱいで思うように進めない。誰もが同じ気持ちらしく、いら立った男の怒鳴り声、子供の泣き声があちこちから聞こえる。

もみくちゃにされて、自分がどこにいるのかもわからなくなった。

「梅乃ちゃん、俺たちから離れるんじゃねぇぞ」

常が叫んだ。

やがて、ごぉっ、ごぉっという音が後ろの方から近づいて来た。熱い風が頬をなでる。

火はもう、すぐそばまで来ているらしい。

春太が怖がって泣きだした。

「しっかりつかまっているんだよ」

お清が悲鳴のような声をあげた。

突然、動きがあった。人々の足が速くなった。

今までどうして詰まっていたのか、何が起きて進めるようになったのか。そんなことを考える余裕はない。

前へ、前へ。

夢中で人を押しのけ、ぶつかり、進んだ。

「痛いよ。痛いよ」

春太の泣き声がする。

突然、「わぁ」という声がして、そちらを見ると男が背負った風呂敷包みに火が燃え移っていた。荷物をおろそうともがいているうちに、男の髪に火が移る。男は地面に転がってもがいているが、固く結んだ風呂敷包みはなかなかほどけない。周りにいた者があわてて火を消そうとした。突然、風呂敷包みからぼっと赤い火が噴き出し、男を飲み込んだ。赤い炎に照らされた顔が見えた。顔が燃えている。

男は獣のような声をあげた。嫌な臭いがした。

一瞬、梅乃の血が逆流した。

大声をあげ、叫びながら走った。泣きながら走り続けた。

気がついたときには夜明けで、梅乃は焼け跡に一人だった。

どこをどう歩いたのかは分からないまま、いつの間にか家のあった場所に戻ってきたが、長屋はすっかり焼けていた。梅乃が手伝いに行っていた煮売り屋も焼け落ちていた。

お園を探して上野に行った。下谷から鶯谷《うぐいすだに》、上野へと歩いた。どこもひどいありさまで、嫌な臭いがあちこちに漂っていた。播磨屋のあった一帯も黒く焦げていた。とくに、播磨屋の焼け方はひどく、柱が一本残っているだけだ。蔵の戸が開いていて、中にも火が回っていた。

「播磨屋さんの人たちはどこにいるのか、分かりませんか？」

弱弱しい声で近くにいる女にたずねた。女は首を横にふった。

「旦那さんも、奥さんも、番頭さんもみんなだめだったらしいよ。油問屋だからね、燃え広がるのも早かったんだよ」

「女中さんはどうなんですか？　姉がここで女中をしていたんです」

女が梅乃の顔をながめた。

「一人も逃げられなかったんだって」

「どうして？　だって十人も、十五人もいたんですよ。いくら火の回りが早くったって、何人かは逃げられたでしょう」

「そんなこと、あたしに聞かれても分からないよ。亡くなった方のご遺体はお寺さんに運ばれたから、そこであんたのおねぇちゃんを探してみたらどうだい」

　梅乃は女に教えられた寺に行った。

　旦那とおかみ、二人の娘、番頭や手代《てだい》たち男、それに女中、合わせて十五の遺体があった。顔かたちも変わり、衣服も焼けてしまっていて梅乃は姉を見分けられなかった。

　梅乃がぼんやりと寺を出ると、若い女に声をかけられた。

「播磨屋さんのお知り合いの人？」

　女はお民《たみ》と名乗った。丸顔で細い目をしていた。女にしては背が高かった。

「姉がここで働いていたんです。お園と言います。下谷の長屋から通っていたんですけど、昨夜《ゆうべ》はこっちに泊まったんだと思います」

「それで、おねぇちゃんに会えた？」

　寺で見た、真っ黒になった遺体が頭をよぎった。

「分かりませんでした」

言った途端、ずっと堪《こら》えていたものが溢れた。梅乃の目から涙が一筋こぼれ、しゃがみこんで泣き続けた。

「辛かったよねぇ。ここまで来て、えらいよねぇ」

お民は梅乃の肩を抱いた。

「あたしの妹はお篠《しの》って言うの。あんたのおねぇちゃんと同じように、播磨屋で働いていたんだよ。あわててやって来たけど、やっぱり、分からなかった」

「私、おねぇちゃんは生きていると思うんです。だって、おねぇちゃんは賢くてすばしっこいから、逃げられたはずです」

そう思いたい。あんな風に変わってしまっているなんて、絶対に信じたくない。

「そうだよね。きっと無事だよ。妹のお篠だって、無事だと思う。だって、そうじゃなかったら、あんまり可哀そうだもの。あの子はまだ十五なんだよ。気持ちのやさしい、いい子なんだ」

お民の目から大粒の涙がこぼれた。梅乃はお民と抱き合って泣いた。

ふとお民が顔をあげて言った。

「ねぇ、もしかしたら、うちのお篠はあんたのおねぇちゃんといっしょにいるんじゃないの？　年も近いし、仲が良かったよね」

その言葉は、梅乃の心に一筋の光をともした。

そうだ。おねぇちゃんはお篠ちゃんと二人で逃げている。そして、今、どこかで無事を喜んでいる。そうに違いない。

「きっとそうだよ。そうに決まっているさ。ね、あんたと一緒に、探させてよ。あたしは上野広小路《ひろこうじ》の扇屋《おうぎや》っていう料理屋で働いているから」

お民が梅乃の顔をのぞきこんだ。

上野広小路は火よけ地で、道の手前まで火が来たが、扇屋のある側は無事だったのだ。

お民は梅乃を上野のお救い所に連れていってくれた。

お救い所は大きな災害があったとき、寝るところや食べる物を用意してくれる所で、近くの商家の手代や職人のおかみさんたちが手伝いに来ている。梅乃はそこでお民と別れて、炊き出しの長い列に並んだ。どの人の顔も着物もすすや泥で汚れ、疲れ切った顔をしていた。

そこで握り飯と味噌汁をもらうと少し元気が出た。梅乃はその晩、お救い所に泊まった。梅乃のように家を焼かれた人が何人もいて、小屋はいっぱいだった。

翌朝、炊き出しを食べて長屋のあったところに行ったら、常一家が戻って来ていた。

「お園ちゃんは利口な人だからちゃあんと逃げてるさ。心配ないよ」

常が笑顔で言った。

「あたしたち、しばらく谷中《やなか》の知り合いの家にやっかいになることにした。梅乃ちゃんも、一緒に来られたらいいんだけど。狭いし、人の家だしね」

お清が申し訳なさそうな顔をした。

「ありがとうございます。大丈夫です。お救い所にいますから、おねぇちゃんに会ったら、そう伝えてください」

梅乃は背筋を伸ばし、はっきりとした声で答えた。

その後、お民と会って二人でお園とお篠を探しに出かけた。お救い所はお寺や神社、大きな商家など、あちこちにあり、それをひとつひとつ訪ねた。どこも焼け出された人でいっぱいだった。火傷をおったり、怪我をした人もいた。

出かける時は必ず会えると意気込んでいた気持ちが、少しずつしぼんできた。

こんなに探しても会えないのは、ふたりがもうこの世にいないからではないのか。

暗いことばかり考えてしまう。うつむいた途端、涙がこぼれた。

「そんなこと、考えちゃだめだよ。気持ちをしっかり持って」

お民が強い調子で言った。

「ごめんなさい。意気地《いくじ》がなくて」

「ううん。仕方ないよ。だけどさ、今、あんたがしっかりしなかったら駄目だ。おねぇちゃんに笑われるよ」

「はい」

梅乃はお腹に力をこめた。

「お園ちゃんは、梅乃ちゃんと顔が似ているの?」

お民が気持ちを引き立てるように、明るい声でたずねた。

「あんまり似てないです。おねぇちゃんの方が色白できれいな二重《ふたえ》まぶたです。鼻も口もぽちっと小さい」

「おねぇちゃんは美人なんだ」

「美人だし、お針も算盤《そろばん》もなんでもよくできます。だから、播磨屋さんでも重宝されていました。本当は住み込みの子が欲しかったけれど、私がいるから通いでいいって言ってくれたんです」

「自慢のおねぇちゃんなんだね。なんか、目印になるようなものは持ってないの？」

「お守り袋があります」

梅乃は懐からお守り袋を取り出した。赤いちりめん地で手作りしたきんちゃく袋で下谷神社のお守りと小さな緑の石が入っている。石は親指の先ほどの透き通ったもので、母が根付にしていた。

「おっかさんは八年前、私が七つの時に流行《はや》り病で死にました。同じものが二個あって、一つはおねぇちゃんが持っています」

「じゃあ、大丈夫だ。下谷神社とおっかさんの思いが、必ず二人を会わせてくれるよ」

必ずというところに力をこめて、お民が言った。

お民は毎日やって来て、梅乃といっしょにお救い所をめぐった。迷い人の特徴を書いて貼る迷子しらせ石標《せきひょう》も見に行った。人探しの札が出ていると教えられて見に行ったこともある。上野から浅草《あさくさ》や人形町《にんぎょうちょう》まで足を延ばしたが、手掛かりはない。

だが、本所《ほんじょ》まで出かけて行った十日目、お民は表情を変えた。

「こんなに探しても手掛かりがないんじゃ、仕方ないね」

拍子抜けするほど、あっさりとした物言いだった。

「梅乃ちゃん、今までありがとうね。あきらめたわけじゃないけど、ここで一応終わりにする。あんたは、あんたで探してね。時々、会いに来るからさ」

「待って」と梅乃は小さな声で言ったが、お民には届かなかったのか、くるりと踵《きびす》を返すと足早に去って行った。

梅乃は一人取り残された。

仕方ないって、どういうことだろう。

たった十日だ。

そんな簡単にあきらめられるものなのか。

いっしょに探そうと言ってくれた言葉は何だったのか。

一度にたくさんの思いが湧き起こった。

気がついたら日は傾いて、知っている顔はどこにもなかった。

梅乃は一人になってしまった。頼りにしていた姉はいない。これからは一人で生きていかなくてはならない。

自分が空っぽになって、体の中を風がすうすう吹いていくような気がした。

涙が出て来た。

泣いたらだめだ。

負けちゃだめだ。
梅乃は奥歯を噛みしめて空をにらんだ。

それから梅乃はお救い所で過ごした。日が過ぎるにつれてお救い所で寝起きしていた人もだんだん減っていき、ひと月もすると老人と子供が十人ほど残るばかりになった。残っているのは、梅乃のように住むところも働くところもない者たちだった。

口入れ屋に行けば住み込みの仕事を紹介してもらえるが、奉公人になったらお園を探す時間がなくなってしまう。考えているうちに日が過ぎた。

ただで住まわせてもらい、食べさせてもらうのでは申し訳ないので、梅乃は竹ぼうきで境内《けいだい》を掃いた。おどろくほどたくさんのごみが集まった。焦げた衣類、壊れたかご、お守り袋もあった。身近にあって役にたっていたはずのものが、捨てられていた。

けれど、そうしたものを集めて燃やすと、なにか心に区切りがつくような気がした。

床をふき、風を入れた。洗濯をして、小さな子供を風呂に入れた。じっとしていると暗いことばかり考えてしまう。それが怖くて、とにかく休まず、体を動かした。

手が空くと長屋のあった場所に行き、お園を待った。

いつものように掃除をしていると、梅乃をじっと見つめる女に気づいた。何度か見かけたことのある女だった。

「あんた、行くところがないのかい?」

女がたずねた。女は五十をいくつか過ぎていて、髪は黒々として背が高く、腰回りのしっかりとした堂々とした体つきをしていた。女の大きな、力のある目がまっすぐ梅乃を見たので、梅乃は心の中まで見透かされそうな気がしてどぎまぎした。

「ここはもうすぐ閉めるそうだ。しばらくうちで働かないかい? 働きながら、おねぇさんの帰りを待ったらいい。湯島天神坂《ゆしまてんじんざか》で如月庵《きさらぎあん》って旅館をしている。私はおかみのお松《まつ》だ」

「でも、どうして私を?」

「あんたを見てたら、私の知っていた娘を思い出した。その娘も体を動かすのが好きだった。昔のことだけどね」

お松の物言いはさっぱりとして、そのふるまいはどこか人を引き付けるものがあった。

「うちは安い宿じゃないからね、それなりの身分のある人がお客だ。ちゃんとしてもらわないと困るし、仕事は楽じゃない。だけど、うちで働くなら、泊まるとこと、食事は約束する」

思いがけない言葉に梅乃はとまどった。けれど、信用していい人のように思えた。

涼しい風が吹いた。

「どうだい？　うちで働いてみる気になったかい？」

梅乃がうなずくと、お松が笑顔を見せた。

第一夜

悪戦苦闘の部屋係

1

如月庵は上野広小路から湯島天神に至る坂の途中にある。笹竹の植え込みが目印で、路地を進むと切妻破風《きりづまはふ》のある二階建てが見えてくる。それが如月庵だ。

坂道に沿ってあるので玄関を入って廊下を進むと階段があって、さらに進むとまた階段がある。同じ一階でも坂の上と下では高さが違う。部屋数は十二。坪庭のある離れが南と北の端にあり、ほかに六つの客室と風呂、板場。二階の客室は四室で、こちらは不忍池《しのばずのいけ》を望み見晴らしがいい。

知る人ぞ知る小さな宿だがもてなしは最高。かゆいところに手の届くような気働きのある部屋係がいて、板前の料理に舌鼓《したつづみ》を打って風呂に入れば、旅の疲れも浮世の憂《う》さもきれいに消えてしまうとは、常連の言葉である。

しかし、それだけではない。この宿はひみつを隠し持っている。

それが何だか、梅乃にはまだ分からない。

けれど、匂う。

なんだか、匂う。

この如月庵を回しているのは、おかみのお松を中心に、仲居が十人、板場が二人、下足番に庭仕事などをする男衆三人だ。

そのだれもが、どこかしら癖がある。身のこなし、目の動き、ふとした拍子に尋常ならざるものが垣間見える。

ともあれ、梅乃は仲居頭の桔梗《ききょう》のもとで見習いになった。掃除の仕方に始まり、お茶の入れ方、掛け軸や料理の説明、挨拶、言葉遣いなどを仕込まれた。足元を見ないで畳のへりを踏まずに歩けるようになるだけでも、十日もかかってしまった。

火事から二月《ふたつき》、木枯らしが吹いて中庭の楓《かえで》の木に最後に残った葉を吹き飛ばしたころ、梅乃はようやく部屋係に昇進した。姉の消息はまだ分からない。

昼過ぎ、如月庵に安次郎《やすじろう》と名乗る男がやって来た。町人髷《まげ》を結った一人客で、大きな風呂敷包みを持っていた。

如月庵でお客に最初に応対するのは、樅助《もみすけ》という玄関番のやせた老人である。枯れ枝のような体をしているが、目も耳も達者で観察眼に優れ、おそろしく記憶力がいい。

十年前、一度泊まっただけのお客に「お客さんが前にいらしたのも、ちょうどこの季節でしたね。ごいっしょにいらしたお父上はお元気ですか？」などというから、言われた方はびっくりする。

妙な人物が紛れ込まないよう見極めるのも樅助の仕事だ。

安次郎は松坂木綿《まつさかもめん》の藍の着物に博多《はかた》帯を締めていた。着物は何度も水を通したらしく、ほどよく体になじんでいる。如月庵は安い宿ではないから、泊まるのは商人なら店主か大番頭である。そういう人達は結城紬《ゆうきつむぎ》などの絹の着物をさらりと着ていたりする。そもそも一人では来ない。たいてい供の者を連れている。一人旅というのは、めずらしい。

安次郎は男にしては背が低く、なで肩だった。あごのあたりに肉がついて年の頃は三十代半ば。頬骨が高く、細い目と低い鼻の土臭い、だが愛嬌《あいきょう》のある顔立ちだった。

樅助は以前、一度会ったことがある、と思ったそうだ。

だが、それ以上は分からない。宿泊客なら覚えているから、別の場所で会ったのかもしれない。

格別悪いことをしそうには見えないので、樅助はおかみのお松に取り次いだ。

お松が挨拶に出てくると、安次郎は何日か逗留《とうりゅう》するから静かでゆっくりできる部屋がいいと言い、前金を払った。

「それなら離れがございます。南に向いて日が入りますから暖かでございますよ」

お松は梅乃を呼んで案内させた。梅乃は南の端の離れに通した。

梅乃にとって、はじめての部屋係である。今までは桔梗たちの後ろにいてやり取りを見たり聞いたりしているだけだった。今回は一人で世話をしなくてはならない。

大丈夫だろうか。

ちゃんとできるだろうか。

胸がどきどきして来た。

座敷には穏やかな初冬の午後の日差しが伸びていた。中庭には楓や松などいくつかの木が植わっており、石灯籠《どうろう》の下には水盤《すいばん》があって小鳥が遊びに来る。

「ああ、いい部屋だ」

梅乃はそっと男の顔色をうかがった。口ではそう言っているが、なぜか少し落ち着かない様子なのだ。

この人は何をしていて、どんな用事で如月庵に泊まるのだろうか。

「お客さんはお仕事で江戸にいらしたんですか?」

梅乃はたずねた。普通に言ったつもりだが、緊張しているのだろう、声が少し震えた。

「ああ。下総流山《しもうさながれやま》から来たんだ。みりんの商いをしているものだからね。どうも最近、体が疲れてね、一人で静かにしていたいんだ」

そう言って風呂敷包みを大事そうに部屋の隅においた。

商売人はたいていせっかちで、短い滞在中にあれもこれもと忙しく動き回るものだ。一人で静かにというのはめずらしいが、そういう人もいるのだろう。

「では、お風呂が先の方がよろしいですね。わきましたらご案内をいたしましょう。夕食にはお酒を召し上がりますか。食べ物の好き嫌いはございますでしょうか。えっと、お酒は熱燗《あつかん》ですか、それともぬる燗。何本くらいご用意しましょう」

「そういっぺんにいろいろ聞かれても、答えられないよ」

「すみません」

梅乃は頬を染めた。一通り全部言わなければならないと思うので、つい焦ってしまった。

「そうだな、酒は熱燗で二、三本つけてくれ。それと、この掛け軸を替えてもらえないかな」

「掛け軸、ですか?」

思いがけないことだったので、声が裏返ってしまった。

掛け軸は季節に応じてお松が選んで掛け替えている。今は、浅草の酉《とり》の市の絵柄で、若い母親と子供が大きな熊手を持っている様子が描かれていた。地方から来るお客が多いので、江戸の風物を描いたものが喜ばれるのだ。

安次郎は困ったような顔でもじもじしている。

「この掛け軸がお気に召しませんでしょうか」

「ううん、そうだなぁ。まぁ、このまんまでいいといえば、いいんだけどね。ああ、やっぱり、人物じゃなくて風景とかにしてくれないかねぇ」

それで富士山の図に掛け替えた。


安次郎は風呂からあがると、酒を頼んだ。

最初は盃で飲んでいたが、まだるっこしいと茶碗に変えた。どうやら酒好きらしい。

梅乃が酒の追加を持って部屋にいくと、安次郎は背中を丸めて庭を見ていた。その背中がなんだか寂しそうだった。

なにか事情があるのだろうか。

そういう場合、どんな声をかけたらいいのだろう。思うことはいろいろあったが、言葉にならずただ空いた器を持って帰ってきた。

「離れ、お酒の追加です」

梅乃が板場に告げると、板前の杉治《すぎじ》が振り向いて言った。

「酒が過ぎるんじゃ、ねぇか」

仲居頭の桔梗も言った。

「これから食事になりますからと言って、少し酒は休ませな。せっかくの料理が入らなくなっちまう。難しいようなら、私が言ってあげようか」

それを桔梗に頼んだら、一人前の部屋係とは言えない。

「大丈夫です。私が部屋係ですから、私が言います」

梅乃は答えた。

桔梗は二十年以上も仲居をしていて、お客の気持ちを読むのがとてもうまい。桔梗が何か言うと、お客は最初から自分がそうしたかったと思うらしい。お客は上手にさばかれて、しかも上機嫌である。

そんな桔梗の真似はとてもできないが、せっかく部屋を任されるようになったのだ、梅乃なりに仕事を全うしたい。

部屋に行き、安次郎に言った。

「少しお酒を休まれませんか。お食事が入らなくなりますよ」

安次郎は聞いていたのか、いないのか、梅乃を見て言った。

「悪いが、一杯だけ酌《しゃく》をしてもらえねぇかい」

お酌はしないという決まりになっている。だが、その顔があんまり淋しそうだったので、梅乃は嫌と言えなくなった。安次郎が茶碗を出したので、梅乃は酒を注いだ。安次郎はぐっと一息で飲み干し、大きなため息をついた。

「あんた、名前は何て言うんだ」

「梅乃です」

「この仕事、始めたばっかりだろう。分かるよ。誰でも最初というものがあるんだ」

全然似合わないが、安次郎はちょっとカッコつけているらしい。何か言われるかと思って待っていたが、妙に静かだ。どうしたのかと顔をあげたら眠っていた。体がぐらりと揺れて畳に倒れた。大きないびきをかいている。

声をかけたが返事がない。仕方がないので部屋を出て桔梗に告げると、言われた。

「ほら、言わないこっちゃない。だから、そんなに飲ませたらだめなんだよ。仕方ないねぇ。風邪をひかないように、薄い布団でもかけておやり。それがすんだら、ほかの人を手伝いな」

桔梗たちの言う通りだった。最初から失敗らしい。梅乃は首をすくめた。


夕食が終わって片付けがすんだ後は仲居達がほっとする時間だ。だが梅乃は少し落ち着かない。安次郎は夕食抜きでずっと眠っている。このまま朝まで起きないのだろうか。お腹は空かないのか。

「どうよ。初めての部屋係はうまくいっている？」

仲居の紅葉《もみじ》がたずねた。一年ほど前に如月庵に来た娘で、梅乃のひとつ年上の十六歳だ。紅葉は目じりの下がった眠いような目とぽってりと厚い唇をしていた。首も手足も細いが、胸だけが鞠《まり》でも入れたように前に突き出ている。

紅葉というのは本名ではない。この宿で働く者は、だれもが植物に関連した源氏名を名乗っている。本名で働いているのはお松と梅乃だけだ。

「お酒飲みたいっていうから、言われた通り持っていったら飲みすぎて寝ちゃった。お前が酒をどんどん飲ませるからだって、杉治さんや桔梗さんに叱られた」

ははははと紅葉は声を出して笑った。

「そういうお客もいるよ」

紅葉は細かいことをあまり気にしない。いつも、あっけらかんとしている。

「あのお客、何者？　仕事は何をしているの？」

お蕗《ふき》という年かさの仲居がたずねた。

「流山の人でみりんの商いをしているそうです」

梅乃が答えると、「そうは見えないよ」とお蕗が言った。ほかの仲居たちも「なんか違うね」と言い出した。

やはりそうか。梅乃も商人とは違うような気がしていた。では、何をしているかと尋ねられても、よくわからない。

「でも、害はなさそうだ。きっといい人だよ」

お蕗がなぐさめるように言った。

「だけど、これからも、いろいろ困ったことをやってくれると思うよ。梅乃は部屋係になって最初にあのお客にあたったわけだ。大当たりだね」

紅葉が大きな口を開けて笑った。

そろそろ床に入ろうかという時間に、梅乃は安次郎に呼ばれた。

「腹が減った。夕飯をたのむ」

ぐっすり眠って気分がよくなったのか、安次郎はさっきとは打って変わってのんきな様子をしている。

「これから、ですか？」

梅乃は情けない声になった。夕飯の時間は過ぎて、板場は片付けがすんでいるはずだ。今から何か作ってほしいと言ったら、杉治は怒るだろう。

「だけど、これじゃあお腹空いて朝までもたないよ」

お客さんがいびきかいて寝てるからですよとは言えない。

板場に行くと杉治がいた。杉治は頬骨が高く、四角いあごをして、目つきが鋭い。大きな体だが、動きは意外なほど素早い。

その杉治が固い桜の木を削っていた。先を細く尖らせて料理を盛りつける時に使う箸にするのだという。その様子は箸を削るというより、話に聞いた忍者が手裏剣の手入れをしている風に見える。うっかり声をかけたら、鋭い目でにらまれそうだ。

「あのぉ」と声をかけたら、杉治がちらりと梅乃を見て言った。

「今日はもう、しめぇだ。焼き台の炭はとっくに落としちまった」

見習いの竹助《たけすけ》が掃除をしている。

「でも……」

続きを心の中でつぶやいた。お客さんがお腹が空いたって言っているんです。

「お客に振り回されるようじゃ、一人前の仲居とは言えねぇな」

上手にお客に勧め、決まった時間に夕食を終わらせるのも仲居の仕事だ。

「はい」

「分かったんなら、部屋に行ってお客に謝ってこい」

静かだが強い調子だった。

「申し訳ありませんでした。そうします」

梅乃は頭を下げた。

安次郎には朝まで待ってもらうしかないのか。

しかし、何と言えばいいだろう。

桔梗なら上手にあしらうだろうが、梅乃にはその知恵が浮かばない。

困った……。

「しかたねぇなぁ。今日だけだぞ」

杉治が立ち上がった。

釜の底に残ったご飯に温もりがあったので、杉治は香りのいいわかめを火鉢でかせた。そうしておいて、鍋の中でさっとまぜ、その一方で、小鍋にかつおだしをきかせるくあぶってもんで混ぜ、お櫃《ひつ》に移した。その一方で、小鍋にかつおだしをきかせたそばつゆを温めて葛でとろみをつけ、卵を一筋すうっと流して手早く混ぜた。そばつゆの中で卵の黄身が細く糸を引いたように広がり、菊の花びらを散らしたようだ。すぐさま温めた豆腐にかける。見習いの竹助が香の物を用意し、お膳になった。

たっぷりとお茶を入れた土瓶も持たされた。

「酒飲みはのどが渇くものです。明日の朝は、冷たい井戸水を部屋の外においておくといいですよ」

竹助が言った。

離れに持っていくと、安次郎は目を輝かせた。

「如月庵は飯がうまいって聞いていたけれど、本当だね。やっぱり、ここに来てよかった」

わかめのご飯もつゆも香の物もきれいに食べて、梅乃のいれたお茶を飲んだ。

今日の夕食は和え物に刺身、焼き魚、しんじょをいれた吸い物、卵焼きだった。

見た目も美しく、おいしそうで、お腹いっぱいになっても、まだ目が食べたいとお客は箸をのばすのだ。

それを安次郎は食べそこなった。安次郎が悪いのだが、梅乃がもう少し気を利かせたら違ったことになったかもしれない。申し訳ないことをした。やはり、自分の采配が悪かった。

梅乃が片付けようととっくりに手をかけると、言った。

「ちょっと待ちな。そっちにゃ、まだ酒が残っていたはずだ」

茶碗に注ぐと、半分ほどになった。

「酒飲みは酒を残したりしちゃいかん。だけど、あてがねぇなぁ」

立ち上がると、風呂敷包みを開き、めざしを出してきた。

「悪いけど、これを火鉢で焼いてくれねぇか。一尾でいいからさ。それでこの酒を飲んで、おしまい。ね、いいだろう」

甘えたような目をした。

めざしを部屋で焼くのは、まずいだろう。

断りたかったが、夕膳を食べてもらわなかったという負い目がある。口の中でもごもご言っているうちに、安次郎はさっさと自分で火鉢にめざしをのせた。

「えっ、それは……。お客さん。ちょっと、待って……」

すぐにめざしから黒い煙があがった。めざしから落ちた脂が炭に落ちてじゅっと音を立て、部屋にめざしの臭いが広がった。

安次郎は熱々のところをほおばり、目を細めた。

「うまいなぁ。ご飯を残しておけばよかった」

しかし、ご飯はもうない。茶碗の酒も空いた。

梅乃がほっとしてお膳を片付けようとすると、安次郎が言った。

「あのさぁ、まだ、残ってるんだよね、めざしが」

「だめですよ。煙が出ますから」

「なんだよ、ケチ」

安次郎は火鉢にめざしをならべた。

「大丈夫、大丈夫。ほら、こうやってさ、戸を開けておけば臭いなんか、外に出て行く」

さっそく焼きたてをほおばって安次郎はご機嫌である。

梅乃は泣きたくなった。

部屋に臭いが残るから、明日になったら桔梗に知れる。きっと叱られる。杉治に無理を言ったことも知れるだろう。

部屋係から外されるだろうか。

また見習いに逆戻りか。

むしゃむしゃとめざしを食べている安次郎が憎らしい。

「そんな顔するなって。一匹、あんたにもあげるからさ」

突然、ガラリと襖が開いて桔梗が入って来た。

「お客さん、如月庵は居酒屋ではございません。部屋でめざしを焼かれては困ります。ほかのお客さんの迷惑になります」

言葉はていねいだが、目が怒っている。桔梗は有無を言わさぬ様子で火鉢を部屋の外に出し、戸を開けて風を入れた。

「もう、遅いですから、お休みくださいませ」

「え、でもさ……」

さっきあれだけ眠っているから、安次郎の目は冴えているのだろう。

「はい？　なんでございましょう」

桔梗にはっしとにらまれて、安次郎は言葉を飲み込んだ。それぐらい桔梗の目は怖かった。その間に桔梗は梅乃に手伝わせてさっさと布団を敷いた。

「明朝、朝飯の支度が整いましたら、またお知らせに参ります。どうぞ、ごゆっくり」

桔梗はていねいに挨拶をすると、ぴしゃりと襖を閉めた。

梅乃はお膳をかかえて、桔梗の後に続いている。痩せて骨ばった桔梗の背中はいつもよりもさらにぴんとはって怒っているのが分かる。

「梅乃、あのお客はなぜ、めざしを食べたいと言ったんだい」

桔梗が静かな調子でたずねた。梅乃はおずおずと答えた。

「お酒がまだ少し残っていて、もったいないからと言って一尾焼きました。そうしたら、もう一尾食べたいとおっしゃって」

重ねて問われる。

「まだ、お腹が空いていたんだね」

「そういうことになります」

梅乃は仕方なく答えた。

「なぜ、お腹が空いていたんだい」

「それはつまり……」

夕食をちゃんと食べなかったからだ。酒を飲みすぎて眠ってしまい、食べそこねた。なぜ、飲みすぎたかといえば……。梅乃は小さくため息をついた。

ああ、部屋係失格だ。

考えているうちに板場に着いた。

板場では、見習いの竹助が一人で先ほど使った鍋を洗っていた。

桔梗が梅乃の方を振り向いた。

「宿の仕事は一人が頑張ってできるものじゃない。みんなが力を合わせて、お互いのことを思いやってはじめてうまく回るんだ。あんたがちゃんと仕切らないから、用意してあった夕飯は無駄になり、別の物を出さなくちゃならなくなった。おかげで板場の仕事が増えて、竹助の寝る時間が減った」

竹助は朝飯の支度があるから、朝一番に起きるのだ。

桔梗は壁を指さした。ぴんとのばした指の先には、明日の朝食を書いた紙が貼ってある。部屋の名前と人数、出立の時間のほかに、ご飯の固さ、上方か江戸風かなど、お客の好みを細かく書き留めたものだ。

「南の離れのところ」

桔梗にうながされ、梅乃は小さな声で読み上げた。

「男一人、朝飯　麦飯　とろろ」

「酒飲みは、汁気が多くて、するする腹に入るものを喜ぶ。杉治さんはそういうところをちゃんと読んでいるんだよ。その心配りを無駄にしちゃだめだ。お客さんの意向を汲むのは大事だ。だけど、言うなりになるのは違う。せっかくの料理を食べそこなって、夜中にお腹を空かせることになったら、損をするのはお客さんなんだよ」

桔梗は穏やかな目になって、諭すように言った。

「如月庵に泊まってよかった、また、来たいと思ってもらいたい。だから時にはお客の気持ちに反することも言わなくちゃならない。どうしたら上手に伝えられるか、考えてごらん」

梅乃は小さく何度もうなずいた。

2

翌朝、安次郎は朝飯のとろろ飯を三杯もお代わりした。

とろろは、粘りの強い自然薯《じねんじょ》のひげを火鉢で焼き、すりおろしたもので、しょうゆにみりんの隠し味を加え、香りのいい浅草のりをふっている。

以前、宿泊した流山のみりん問屋の主人は「これは流山の白みりんですな」と言ってとても喜んだ。だが、安次郎は何も言わない。

やっぱり、流山の商人じゃないんだ。

梅乃は納得した。

とろろには麦飯といわれるが、安次郎の膳は白米が八割でそれに麦を少し混ぜている。安次郎はそれが気に入ったらしい。

「江戸に来て、何がうれしかったかっていうと、白米だね。親方のところで、どんぶり飯をお代わりして、大食らいって怒られた」

親方というのは、大工や髪結いなどの職人の長のことだ。

職人なんだ、この人。

それなら、どうして商人などと偽ったのだろう。

どうやら、安次郎にはひみつがありそうだ。

食事がすむと安次郎は畳にごろんと横になり、うとうとしていたが、昼前、ふらりと出かけて行った。

掃除のために部屋に入ると、紙切れが落ちていた。広げると、水盤で水浴びをしている雀の絵だった。墨でさっと描いただけだが雀は生き生きとして、体を震わせ、今にも飛んでいきそうに見える。

上手だ。絵心のない梅乃にも、趣味の域を超えているように思える。

絵師なのだろうか？

とすれば、持っている荷物は画材ということになる。部屋に入るなり、大事そうに抱えていた荷物をそっとおいたことを思い出した。

梅乃は紙を持って玄関番の縦助のところに行った。

「離れのお客さんがこんなものを置いていったのですが」

「どれどれ」

縦助は雀の絵をながめた。

「流山の商人と言っていましたが、本当は絵師なのじゃないですか？」

「たしかに素人のものとは思えないな。気になることがあるのかい？」

梅乃は昨日の出来事を話した。

「しばらく逗留するって言うのに、どういう人かもわからなかったら困ります」

「そうだなぁ。はじめっから、大変な人にあたっちまったなぁ」

縦助は気の毒そうな顔になった。

「失敗を帳消しにしたいんです」

「そりゃ、そうだ。わしだって、梅乃の初仕事の手助けをしてやりたいもんだねえ」

樅助は真剣な表情で絵を見つめた。

「この筆遣いは前にも見たことがあるような気がする。ううむ」

しばらく考えていたが、ぽんと膝を打った。

「思い出した。江戸川仙水《えどがわせんすい》だ」

江戸川仙水は長老格の高名な絵師だ。十年ほど前、不忍池を描きたいと如月庵にやって来て十日ほど逗留した。その時、お使いを頼まれて出入りしていた弟子のひとりが、安次郎であるという。

「そのころは、もっとやせて顔もとがっていたし、腹も出てねぇ。だから、見過ごしちまったよ。たしか、あのころは、みんなに椋助《むくすけ》とか呼ばれていた。今は独り立ちして江戸川遊斎《ゆうさい》という浮世絵師になってるはずだ」

樅助は人の顔を覚えているだけではなく、江戸のさまざまな流行りものや話題の人、事件にも通じている。ひとしきり博学ぶりを披露した。

浮世絵は木版画で四季の風物や各地の風景、人物などを描いたものだ。手ごろな値段でさまざまな絵柄があるので、とても人気がある。

「じゃあ、あの安次郎という人は江戸で人気の浮世絵師なんですか?」

「そんなら、流山の商人などと言わねぇだろう」

そうだ。そこが問題だ。どうして、身分を偽ったのだろう。

江戸に住んでいるのに、なぜ如月庵に宿泊したのか。師匠のように、こもって絵を描きたいわけでもないらしい。江戸川遊斎と名乗れない訳でもあるのだろうか。

板場に行くと、ちょうど酒屋の主人が酒を運んできたところだった。主人は浮世絵好きである。梅乃は江戸川遊斎という浮世絵師を知っているかたずねた。

「ああ、江戸川遊斎ね。うちわなんかをよく描いているよ。吉原《よしわら》の遊女を描いたうちわは俺も買った」

「じゃあ、有名な人なんですね」

「有名ってとこまではいかねぇな。だいたい、うちわなんてぇものは、どんなにきれいな絵でも夏が終われば用がない。せいぜいかまどの火つけに使われて、最後は焚き付けだ。ほかのもんも描いているならともかく、うちわとか小さなものばっかりじゃあ、松竹梅でいやあ梅だな」

言ってから、しまったという顔で梅乃の顔をちらりと見た。梅で悪うござんしたと、梅乃は心の中でつぶやいた。

浮世絵は浮世絵師、彫師、刷り師の手を経て出来上がる。浮世絵師は墨で簡単な下図を描き、彫師がそれをもとに版木を彫る。多色刷りの場合は、色ごとに何枚も版木をつくる。彫師が彫った版木に絵の具をのせ、刷り上げるのが、刷り師の仕事だ。

下絵を描くのが浮世絵師なら、細かい毛筋の一本一本まで細緻《さいち》に彫り上げるのが彫師で、多色刷りの版木をずらさぬようにみずみずしい色合いで刷り上げるのが刷り師である。

浮世絵は職人それぞれが力を尽くし、高い技術で仕上げたものだ。だが、木版画だから大量に刷ることができる。値段もそう高くない。

「じゃあ、松の人はどんなものを描くんですか？」

「そりゃあ肉筆画だよ。一流の絵師はみんな肉筆画を描いている」

肉筆画というのは絹地に直接描く一点物だ。もちろん値段も高い。

「彫師も刷り師も関わらないから、浮世絵師の真の力が試されるんだ」と酒屋の主人は言葉に力をこめた。

「今、江戸川仙水一門で飛ぶ鳥を落とす勢いなのは、江戸川桜木《さくらぎ》だね。年はまだ若いが、まぁ、面白いいい絵を描く。いずれは仙水の跡を継ぐっていわれている。あれ？　もしかして、江戸川遊斎が泊まっているのかい？」

酒屋の主人の目が一瞬輝いた。

「あ、いえいえ、そうじゃなくて」

梅乃はあわてて言葉を濁した。

如月庵にはお忍びでやってくる人もいる。誰が、誰と泊まって何を食べたなどということは、外の人に軽々しく話してはいけないのだ。

安次郎が戻って来て、梅乃がお茶を入れていると、表の方が騒がしくなった。

大声が聞こえた。

「ここに、江戸川遊斎という浮世絵師が泊まっているだろう。遊斎を出してくれ」

畳の上に寝転んでいた安次郎はがばっと起き上がった。

「いねぇって言ってくれ」

細い目が見開かれて、飛び出しそうになっている。

梅乃も青くなった。酒屋にしゃべったせいではないだろうか。転げるように部屋を出ると、玄関に走った。

太縞の着物を着た、遊び人風のやせた男が入り口にどかりと腰をおろして、お松と相対している。梅乃は柱の陰から、様子をうかがった。

「ひと月前、遊斎に三十両の金を貸した。なんとかいう風流な金持ちから肉筆画の依頼があった。絵の具やらなんやら、いろいろ買わなくちゃなんねぇから頼むって言われた。その返済期日が十五日前。遊斎の奴、どこに行ったか雲隠れだ。上野広小路の蛙堂《かえるどう》が間に入っているって聞いたから、たずねて行ったよ。そしたら、絵が出来てないというじゃねぇか。こっちも困っているから、見つけたら連れて来てくれって頼まれた」

「お客様、他のお客さんのご迷惑になりますから、少しお声を小さくしてくださいませ」

お松は顔色ひとつ変えず、静かな声で言った。

「こいつは地声だ、仕方がねぇよ。借りた金は返してもらわねぇと、こちとらも商売だ。おまんまの食い上げだよ」

「お泊まりのお客さんならご案内もできますが、あいにく、こちらには江戸川遊斎という方はいらっしゃいません」

「隠し立てしたら、ためになんねぇぞ。ここにいるってぇのは、分かってんだ。調べさせてもらうぜ」

「お断りいたします」

毅然《きぜん》とした言い方に男が一瞬ひるんだ。次の瞬間、顔が真っ赤になった。

「馬鹿にすんじゃねぇ。大金がかかっているんだ。こっちは五日も足を棒にして千《せん》住《じゅ》から品川、板橋まで探し回った。そしたら、なんだい。湯島でのんびりしてやがる。そこの酒屋の親父に聞いたんだ。たしかな話だろう」

ああ、やっぱり。自分のせいだ。男が梅乃の視線に気づいたらしい。

「なんだ、その娘。何か、言いたいことがあるのか」

男が梅乃の方を見て怒鳴った。腕をのばしてつかみかかろうと立ち上がった時、安次郎が飛び出した。土間におりると、男の前に座り、地面に頭をすりつけた。

「逃げるつもりはねぇんです。ちょっと遅くなったけど、必ず描きやす。描けば、金は入るんだ。心配ねぇ。だから、あと少し、一日、いや二日だけ、待ってくれ」

「ならば、先に利息分をもらおうか。ざっと五両になる」

男は懐から証文を取り出した。いくら期日を過ぎたとはいえ、三十両借りて利息が五両とはどういう計算だ。

「そりゃあ、あんまりだ」

「ならば、その腕、へしおるか」

遊斎は泣きそうな顔になった。

「五両。私が立て替えましょう」

お松が言った。遊斎が驚いたように顔をあげた。

「如月庵のお客さんを守るのは私の役目。それに、今、ここで出て行かれては、宿代も取り損ないます。お客様は絵を描くとおっしゃっている。絵が出来上がれば、こちらの宿代、そちらの元金、利息も用意ができる。その言葉を信じて、利息分、お立て替え致します」

すかさず桔梗が進み出て、金の包みを渡す。男は懐に入れて立ち上がった。

「ふん。そこまで言うなら、今日のところは帰ることにするか」と帰っていった。

遊斎はへなへなとくずれ、土間にぺたりと腰を落として小さくなった。

「ありがとうございます。助かった。絵は明日《あした》中に描く。それでもってさっきの五両も必ず返す。もうこれ以上、迷惑をかけません」

お松は遊斎の様子を見て、笑顔で言った。

「では、出立の時までに、私どもにも何か、ひとつ描いてくださいませ。宿の宝として大切にいたします」

遊斎の顔がぱっと輝いた。

「分かりやした。任しときな。この宿にふさわしい絵を描いてやる」

遊斎が部屋に戻ると、お松は梅乃を呼んだ。

帳場の奥のお松の部屋で、梅乃は体を縮めて座っていた。

「浮世絵師が泊まっていると酒屋にしゃべったのは、あんただろう」

「申し訳ありません」

「本来なら部屋係をはずすところだけれど、今回は続けてもらう。その代わり、あの男にちゃんと絵を描かせるんだよ」

お松は力のある大きな目で梅乃を見た。

「それはあんたのためでもあるし、あのお客のためでもある。さっきの話を聞いただろう。あの男にとって今が正念場だ。ここで満足できるような絵が描けたら、これからも絵師としてやっていける。だけど、もし、逃げ出したら、絵師としては終わりだ。それどころか、この先一生、逃げ続けることになる」

そんな人生の一大事を迎えている男の部屋係を務め、なおかつ立派な絵を描かせなくてはならないのか。

自分にできるだろうか。

梅乃は困って、上目遣いにお松の顔を眺めた。

「部屋係だって同じだよ。最初に失敗したら、次が怖くなる。部屋係はお客に、この宿に泊まってよかったなと思ってもらうのが仕事だ。どうしたらまた絵が描けるようになるのか、考えるんだ。それができたら、あのお客への最高のおもてなしになる」

「はい」と答えたが自信はない。

梅乃は南の離れに行った。

遊斎は部屋の真ん中に座って、和紙を広げていた。硯《すずり》に墨をすり、筆を並べ、さぁ、描くぞという意気込みを見せている。

だが、紙をながめたまま、一向に筆をとる様子がない。

半時ほどして梅乃が部屋をのぞくと、そのままの姿勢で石のように固まっていた。声をかけるのもはばかられるほど、遊斎の背中は緊張していた。

また半時ほどして部屋に行くと、畳に寝転がって天井を眺めていた。硯の中の墨は乾いて、筆をとった形跡もない。

また半時ほどして部屋をのぞくと、反故《ほご》にした紙が部屋中に散らばり、その真ん中に亀のように背中を丸めた遊斎がいた。

「お客さん、お風呂が沸きました。いかがいたしますか?」

梅乃が声をかけると、遊斎はふらふらと立ち上がった。

板場に行くと、仲居のお蕗が言った。

「さっき、あんたの知り合いのお民って人が来たよ。忙しそうだから帰るって。文を置いていった」

あわてて文を見ると「たずね人、千駄木《せんだぎ》にいるらしい。あす、いく」と書いてあった。

お園の行方が分かったのだろうか。

千駄木にいる。元気なのか。本当にお園か。

梅乃は文を持つ手が震えた。

門の外まで走って出たが、お民の姿はなかった。

明日になれば、分かる。

明日が待ち遠しい。


夕飯のご膳は軍鶏《しゃも》鍋だった。小さな一人用の鉄鍋に軍鶏肉と長ねぎを入れて、しょうゆとみりんの汁で煮て、粉山椒《さんしょう》をふって食べる。それに里芋の煮物、貝の酢の物、えび真薯《しんじょ》をうかべた汁に香の物。おひつには白いご飯がたっぷり入っている。

鍋はぐつぐつと煮えていて、部屋中に温かい湯気と共に、しょうゆとみりんの香りが広がった。一杯だけといって盃をあけると、風呂上りの遊斎の顔に血の気が差して細い目もやさしげになった。

「ああ、鍋も煮物もおいらの好きな味だ。おいらは信州の貧乏農家の生まれだからね、お膳がたくさん並んでいると、それだけで緊張してしまうんだよ。流山の商人だなんて嘘ついて悪かった。でも、おたくらには分かっていたんだよね」

遊斎は照れくさそうに、へへと笑った。

「下足番の樅助が最初に気づきました。十年ほど前、江戸川仙水先生がお泊まりになったことがあり、弟子のひとりに椋助と呼ばれている方がいらした。その方ではないのかと申しておりました」

「そう。おいらは椋助だよ」

遊斎は恥ずかしそうに言った。

「椋助の意味は分かるか？　ぽっと出の田舎者のことさ。絵描きになりたくて、十《とお》の時に信州から江戸に来た。最初はこてで絵を描く左官職人、それから江戸小紋の染め物屋。ぼんやりして気が利かないし、田舎言葉が恥ずかしくて人ともあんまりつきあわねぇ。友達もできなかったし、仕事も長くは続かねぇ。なんとか浮世絵師の江戸川仙水の内弟子になったのが、十五の時」

もう後がないと夜も寝ずに修練に励んだ。先生の絵を真似ることから始めて、次に写生。懐に紙を入れて、目につくものを何でも描いた。なんとか浮世絵師として仕事をするようになったのが二十五の時で、妻をめとり、子も出来た。

軍鶏鍋がおいしかったのか、酒がほどよく回ったのか、この日の遊斎は饒舌だった。

「師匠はおいらの絵は見たまま、そのままでつまらねぇって言うんだよ。版元の蛙堂は下絵なんだから、もっとちゃちゃっと手早くやれって言う。そういう器用なことはできねぇんだ」

そんな時、若い男が入門して来た。

「最初、なんてへんてこな絵を描くやつだと思った。先輩風を吹かせて、ちゃんと見て描けよと言うと、私にはこう見えますなんぞとぬかしやがる。その絵を師匠の仙水が面白いとほめ、蛙堂に紹介した。今じゃ、江戸川桜木と名乗って、売れっ子だよ」

茶屋の看板娘を描いた浮世絵が話題になり、それからは花魁《おいらん》に歌舞伎役者とさまざまなものを描き、どれもよく売れている。

細かな仕事が多い遊斎は、嫁と幼い息子を養うのがやっとだ。

後から来た者に追い越されて悔しくない訳がない。

一方は時代の寵児《ちようじ》ともてはやされ、自分は相変わらずその日暮らしできゅうきゅうとしている。

「椋助には椋助の意地ってもんがあるんだよ。負けたくないと思った。いつか、あいつを抜いてやると思っていた。だけどそんなこと、口には出さねぇよ。笑われるだけだからね」

そんな折、遊斎に肉筆画の仕事が舞い込んだ。

「ちょっと変わった依頼で、桜木が断った。蛙堂の主人は商売人だから、上手に話をまとめておいらにふったんだよ。こっちも、桜木が怖気づいて断ったものなら、なおの事、いい仕事をしてやるって負けん気を出した」

「どんな依頼だったんですか？」

梅乃はたずねた。この朴訥《ぼくとつ》な絵師を応援したい気持ちになっていたのだ。

「幽霊画だよ。ひゅーどろどろ、恨めしやと出て来る、あの幽霊さ」

遊斎は冗談めかして言った。

「幽霊の絵って、つまり死んだ人の絵ですよね」

梅乃は黒く焦げた焼死体を思い出して顔がゆがんだ。

そういうものを喜んで部屋に飾る人の気がしれない。死んだ人を貶《おと》しめることではないのか。

「そうだよな。それが普通の人の気持ちだよな。だから、桜木も断ったんだろう。そこが、おいらの考えなしのところなんだけどさ」

遊斎は肩を落とした。

梅乃はしまったと思った。あわてて言った。

「でも、講釈なんかにはきれいな女の幽霊が出てきますよね」

遊斎の顔が輝いた。

「そうなんだよ。相手が幽霊だと分かっても離れられない。夢中になってしまう。そういう、とてつもなく、むごくて美しくて恐ろしい女の幽霊を描いてほしいというんだ。金はいくらかかってもいいというんだ」

依頼主は風流人で知られる札差《ふださし》だ。札差というのは大名をも相手にする金貸しだから、金もあるが力もある。その男が気にいったとなれば遊斎にも出世の目が出る。

「張り切ったさぁ。ここ一番の大勝負だと思った。遊斎の名をあげて、今まで椋助と馬鹿にした奴らを見返してやるんだ。うまい飯といい酒飲んで、女房にも楽をさせるんだ。そんなこと思って舞い上がった。金を借りて、高い絵の具と筆を用意した。いざ、描こうと思って気がついた。おいらは見たものしか描けない。まず、むごくて美しくて恐ろしい幽霊を見なくちゃなんねぇ」

幽霊はどこで見られるのだろう。講釈などでは柳の木の下とか、古井戸から出てくるとされるが、本当に見たという人に会ったことがない。

「そうだよねぇ。そんなことをしているうちに、いろいろあって、それでどうにもならなくなって逃げ出した」

遊斎はへへと笑って、箸をおいた。

長い沈黙があった。

「昼間は勢いで描くって約束したけれど、本音を言えば描けるかどうか分からねぇ。だけど、描かなかったらこの宿にも、仙水先生にも、蛙堂にも迷惑がかかる」

遊斎は半笑いになった。

「どうしたもんかなぁ。金を返すあてもねぇ。いっそ首をくくろうか、それとも田舎に帰って坊主にでもなるか」

そう言った途端、遊斎はうつむいた。石のように固まってしまったと思ったら、はらはらっと涙がこぼれた。

必死なんだ。崖っぷちなんだ。だから、不安で仕方がないんだ。

その気持ちは梅乃にも痛いほどわかる。梅乃だって必死で崖っぷちで不安なのだ。

「お客さん。私はここの部屋係です。この宿に泊まってよかった、また来たいって思っていただくよう、おもてなしをするのが仕事です。如月庵で心の重荷をおろしてください。おいしいものを食べて、ゆっくりお風呂に入って、ふかふかのお布団で寝てください。私も精いっぱいのおもてなしをさせていただきます。きっといい方向に行くはずです」

本当にそんな風にいい方向に行くかどうか分からない。なにしろ梅乃は新米の部屋係で遊斎には振り回されてばかりいるのだ。

でも、そうしたいと思っている。その気持ちに嘘はない。

「ありがとう。そうだといいなぁ。そうしなくちゃ、いけないよね」

遊斎に笑顔が戻った。

夜、板場で洗い物を手伝っていたら紅葉が来た。

「例の離れのお客のことだけど、一体、どんな絵を描くんだって？」

「風流な札差の注文で、この世の物とは思えない、むごくて美しくて恐ろしい女の幽霊だってさ」

「札差かぁ。そりゃあ、並の注文じゃあないね」

紅葉は声をひそめた。目じりが少し下がって、いつも眠そうに見える。ぽってりとした唇は赤い。紅葉が歩くと、男たちは振り返り、中には無遠慮に突き出した胸や肉付きのいい腰のあたりをじろじろ眺める者もいる。そんな容姿のせいだろうか。梅乃より一歳上の十六だが、梅乃よりよほど世間を知っている。

「あんた、花魁と遊ぶのにいくらかかるか知っている？」

「五両とか」

梅乃にしたら、相当思い切った金額を言った。

「そんなはした金で天下の花魁を拝めますかって」

紅葉は馬鹿にしたように言った。

「吉原には百人、二百人と女がいるけれど、そのてっぺんにいるのが花魁だよ。会うだけでも、いろいろ手順がいる。まず玄関のところにやり手婆がいる。この女が花魁につないでくれるので、ご祝儀をたっぷりはずんでご機嫌をとる。それから座敷にあがって芸者や太鼓持ちを呼んで派手な宴会をして、みんなにご祝儀をはずむ。それで、いよいよ花魁にお目通り。最初は話をするだけだよ。裏を返すといって二度目があって、三度目に、花魁に気に入られたとなれば床入りだ」

「毎回、宴会をしなくちゃならないの？」

「もちろん。粋な男だってことを見せなくちゃならないからね。粋っていうのはさ、金離れがよくて、やらせろ、やらせろってうるさく言わない男のことだよ」

あまりに直截《ちよくさい》な言葉に梅乃は目をむいた。紅葉はそういうことを、男に言われたことがあるのだろうか。

「裏を返すだなんだって言っても、結局は売り物、買い物なんだよ。金を積めば自由になる。まして相手はお江戸の札差だ。馴染みになっておいて損はない。花魁だって、それくらいのことは考えるよ。自分の方からすり寄っていくかもしれない。たやすく手に入るものに人は飽きる。どんなおいしいものでも、慣れればありがたくなくなる」

そして、札差は飽きたのだ。

花魁を相手に恋のまね事をすることに。にぎやかな宴会や、たくさんの褒め言葉や、若い女の肌や、そんなもの全部に退屈した。

だから、もう一度、自分を夢中にさせる物が欲しくなった。狂わされてみたくなった。

「それがむごくて美しくて恐ろしい女の幽霊なんだ。あの絵師に、そんなものが描けるかねぇ」

それでも描いてもらわなくてはならない。

描かなければ、絵師としての未来はない。描かせなければ、部屋係は務まらない。

「だからぁ、やるっきゃないんだってば」

梅乃は思わず大きな声を出した。

3

翌日、遊斎は相変わらず、筆をとらない。

梅乃は桔梗に断って上野広小路の扇屋という料理屋に行った。裏口でたずねると、お民がすぐに出て来た。

「いいところに来たよ。これから出ようと思っていたところなんだ」

きちんと髪を結って藍色の縞の着物を着たお民は見違えるようだった。きつねのような細い目は白目が多くて、ふとした仕草に色気があった。

「お民さん、なんか、きれいです」

「いやだねぇ。冗談はなしだよ」

お民は照れたように笑った。

「おねぇちゃんが見つかったんでしょうか」

「分からない。だけど、お客さんがね、千駄木の方でお園ちゃんによく似た娘を見たって言うんだ」

「お篠ちゃんは？」

お民の妹の名を言った。

「そっちはまだだ。だけど、お園ちゃんがいれば、お篠の行方も分かるはずだろ」

そんな風に言われると、千駄木のどこかにお園とお篠がいっしょにいるような気がしてきた。

「姉のこと、気にしてくださってありがとうございます」

梅乃はていねいに礼を言った。

「そんなのいいんだってば。妹からもお園ちゃんの話をよく聞いていたし、あんたと何日も歩き回っただろ。他人のような気がしない。さ、早く出かけよう」

千駄木は寺と坂と路地の多い所だった。教えられて行ってみると行き止まりで、そこで聞いて進むと曲がり角を間違えて道に迷い、やっとのことで目当ての場所についた。

そこは絽《ろ》刺しの工房だった。

梅乃は胸が苦しくなった。

「この中に、おねぇちゃんがいるのかなぁ」

「きっと、いるよ」

お民が言った。

いたらうれしい。でも、いなかったら……。

それを考えると、中に入るのが怖くなった。

裏から回ってそっと中をのぞくと、八畳ほどの板の間に若い娘が何人も働いていた。針を操り、色とりどりの絹糸を絽の生地に刺していた。

お園に似た娘を探す。足が震えて来た。

「あの奥に座って、布にかがみこんでいる娘。違うかい？」

お民がたずねた。

梅乃は目をこらした。

うつむいているときは似ているような気がしたが、顔をあげると別人だった。

「おねぇちゃんじゃ、ありません」

「あの娘は？」

お民が聞く。

「違います」

お民は次々とたずねた。

実の姉なのだ。離れていても、暗がりでも、一目見ればわかるはずだ。こんなに会いたいとおもっているのだから、目に飛び込んでくるはずだ。それがないということは、違うのだ。

「ここには、おねぇちゃんはいません」

そう答えたら涙が出た。

もう、一生、姉に会えないような気がした。

梅乃は紹刺しの工房を出ても、しばらく言葉が出なかった。

「ごめんね。わざわざ来てもらって、無駄足だったね」

お民がやさしい声を出した。

「いいんです。お民さんこそ、忙しいのに、すみません」

「そんなこと、気にしなくていいんだよ。でも、よかったよ、あんたも元気そうで」

「はい」

「仕事はどう？」

「部屋係になりました」

「それはすごいねぇ。頑張りな」

お民はお店に来るお客のことなど、面白おかしくしゃべった。それはすっかりしょげてしまった梅乃の気持ちを引き立てようという心遣いに違いない。梅乃は一生懸命元気なふりをして、笑った。

お民と上野広小路で別れ、一人になると、淋しさが襲って来た。

梅乃が如月庵で働いていることは、長屋の差配人に伝えてある。長屋は焼けてしまったが、同じ場所に建て直した。だから、住んでいた場所に戻ってくれば、かならず連絡が取れるようになっている。

どうして、便りがないのだろう……。

それから先は考えないことにしている。

懐のお守り袋をにぎりしめた。

しっかりしろ。

自分に声をかけた。

上野広小路なら蛙堂があるはずだ。あたりを見回すと、のれんが目に入った。店に入ると、江戸川桜木の茶店の女の絵が一番目立つところに張ってあった。桜木の描く女たちはみんなやせていた。やせっぽちの梅乃だって、こんなに胴が細くない。あごがとがって目が吊り上がっている。

「おねえさん、浮世絵を買うんならこれがいいよ。この人の絵が人気だよ」

手代が寄って来て薦めた。

「江戸川遊斎の浮世絵はありませんか？」

「遊斎？　また、渋いものが好きなんだねぇ。夏ならうちわがあるんだが……。えぇっと、どこにあったかなぁ」

どうやらうちわ以外のものは、あまりないらしい。ごそごそと探し、裏の方から取り出して来た浮世絵は赤ん坊と若い母親を描いたものだった。売れ残っていたのか、端の方が少し汚れていた。

「かわいいだろう。お祝いにあげたら喜ばれるよ。安くしておくから」

梅乃はお金を渡しながらたずねた。

「この親子は遊斎という人のおかみさんと子供ですか？」

「さぁどうだろうねぇ」

男は興味のなさそうな様子で別のお客の方に行ってしまった。

店の外に出ると、懐手《ふところで》の職人風の男が話しかけてきた。

「あんた、遊斎の絵が好きかい？」

「はい」

「その母子を描いたやつは、いいだろう。俺は浮世絵の彫師でね、それは俺が彫ったんだ。女はお玉《たま》って言って遊斎のかみさんだ。こっちは卯吉《うきち》で息子。遊斎はいい絵を描くんだ」

男の肌は浅黒く、頬に傷があった。やせて骨ばった、だが力の強そうな指をしていた。

梅乃は改めて母子の絵を眺めた。見た物ならなんでも描けるという遊斎の言葉は本当だった。母と子は今にも動き出しそうなほど、生き生きとして幸せそうだった。お玉はお盆のように平たい顔で、やさしげな丸い目をしていた。少し上を向いた鼻の脇に黒子《ほくろ》があった。卯吉も丸々と太って、母親によく似た面差しをしていた。町中で出会っても、見つけられそうな気がした。

「でも、こういう絵柄はあんまり流行らねぇんだ。男が買うのは茶屋の娘とか花魁を描いたもんだし、女は人気役者を好む。今、若手で一番の人気は、なんといっても江戸川桜木だな。あいつの絵、見たかい。面白れぇだろう」

「体が細すぎませんか？　それに目も吊り上がっている」

「だからいいんじゃねぇか。最初は、なんだこれって思う。そのうちに夢中になる」

「私は遊斎さんの絵の方が好きです。遊斎さんが描いた雀の絵を見ました。まるで、今にも生きて動き出しそうでした」

「あんた、遊斎の知り合いかい？　そうだな。あいつの写生の力はすげぇ。墨一色で描いていても色を感じる。絹糸みたいな細い線、木綿糸の強い線、ぴんと張った針金の鋭く緊張した線を描き分けてある。師匠の仙水先生もずいぶん期待してたんだけどな」

期待していたけれど……。何がだめだったのだろう。

「谷文晁《たにぶんちょう》って偉い絵師が書いてんだ。絵を学ぶものは、最初に過去の作品を模写してその技法を学ぶ。あるいは先生について習う。その次に写生をする。その上で自分にしか描けない絵を求める。遊斎は写生の力はすげぇ。だけど、そこで留まって先に行けない。いつまでたっても自分の絵を見つけられねぇ。あいつの絵は見たまんま。ならば、本物を見た方がましだ」

「遊斎さんは見た物しか描けないって言ってました」

彫師はしょうがないなぁというように笑った。

「子供じゃあるめぇし。売れる絵を描くから絵師なんだ。たとえばさ、母と子を描くんならこんな美人の嫁さんがいたらいいなぁ、うちのかみさんも昔はこんな感じだったたって、思わせるように描くもんだ。この絵は遊斎のかみさんと子供、そのまんま。誰が他人《ひと》の女房と子供の絵姿を買うんだよ。亭主がこんな絵を買って来たら、焼き餅焼きの女房はよそに子供を作ったかと勘繰るぞ。そういうところが、あいつは素人なんだ」

そういうものかと、梅乃は浮世絵をながめた。

「そこへいくってぇと桜木の描く女は、絵の中にしかいねぇ。それなのに、どんな声でどんなしゃべり方をするか分かる。こんな女がそばにいて、酌でもしてくれたら楽しいだろうなって思うわな。なんのことはねぇ、てめぇの好みの女の面影をかぶせているんだ。それが絵に命を与えるってことじゃねぇのかい」

だから桜木は人気浮世絵師になったのだ。

「噂をすればなんとやら。桜木が来たぞ」

彫師の視線をたどると、ほっそりとした若い男がいた。なす紺の結城紬に博多献上帯をあわせた姿は粋でいなせで、かっこいい。遊斎がもっさりした椋鳥なら、桜木は渚に遊ぶせきれいか。たちまち近くにいた女たちに囲まれた。桜木は彫師に軽く会釈して店の中に入って行った。

「しかし、遊斎も気の毒だったよな。この前の火事で家が焼けて、お玉さんも卯吉も死んじまった」

それが原因で絵が描けなくなったのだろうか。

「ま、それだけじゃ、ねぇけどさ。この道をまっすぐ行って三つめの角を曲がったところが、遊斎の家があったところだ。近所の人が、時どき線香をあげてくれているらしい」

男に教えられた道を進むと、空き地があった。黒く焦げた地面がむき出しになっている。粗末な木綿の着物を着たおばあさんが、こちらを見ているのに気づいた。

「このあたりに、江戸川遊斎という浮世絵師の家があったでしょうか」

「そこだよ。見ればわかると思うけど。この前の火事でみんな焼けた。きれいさっぱりなくなった。あんた、遊斎の知り合いかい?」

「知り合いというほどではありませんが」

「だったら、つき合わない方がいいよ。ひどい男だから」

おばあさんはにごった目で梅乃を見た。

「火をつけたんだ。付け火だよ」

梅乃は驚いて、おばあさんの顔を眺めた。

「泣いたり、悲しんだり、苦しんだりしている人の顔が見たかったんだってさ。それで火事があるたんびに出かけて行って、絵を描いていた。だけど、火事なんてそう、しょっちゅうあるもんじゃないだろう。だから、自分で火をつけた。それが二か月前の大火事だ。あの火事でたくさん人が死んだ」

まさかと思った。梅乃が見た遊斎はおかみさんやお子さんのことを大事に思っている、気のいい、やさしい男だ。

おばあさんは鼻を鳴らした。

「あんたに遊斎の何が分かるんだい。人っていうのは、追いつめられるとそいつの本性が出るんだよ。絵が描けないって癇癪《かんしゃく》おこして、かみさん殴ってたんだ。この先の寺に行ってみな。遊斎の描いた絵が残ってるから。見たら驚くよ。地獄絵だ」

それきり、梅乃に背を向けると行ってしまった。梅乃は恐ろしくなって走って如月庵に戻った。

紅葉が待っていた。

「どこ行っていたんだよ。遊斎って浮世絵師が暴れて大変だったんだよ。目が据わって、人が変わったみたいになったんだ。あたしはぶたれて、痣ができた。ほら」

袖をめくると腕に青痣ができている。

「桔梗さんがぐいって押しつぶしたら、おとなしくなった」

押しつぶすとは、どういうことだろう。よく分からないが、とにかくそれでことは収まったに違いない。

「それで今、どうしてるの？」

「布団かぶって寝ている」

南の離れに行くと、部屋中に破れた紙が散らばり、障子は破れ、土壁には大きなひっかき傷がついていた。座敷の真ん中で遊斎が体を丸くし、薄い掛布団をかぶっていた。

「お客さん、遊斎さん、大丈夫ですか？」

また、暴れ出したらどうしよう。つかみかかったりしないだろうか。梅乃はおっかなびっくり声をかけた。

布団の中からグウとも、フウとも分からない声がした。

「悪いな。おいらの中には鬼が棲んでいるんだ。そいつが暴れる。おかみさんに頼んでくれ。こんな上等の部屋でなく、物置小屋に移りたいって」

言われなくても、このありさまなら部屋を替わった方がいいだろう。お松に伝えようと腰を上げたら、後ろに桔梗がいた。背筋をまっすぐに伸ばし、遊斎が隠れている布団をはっしとにらんでいる。

「物置小屋に移ったら、絵が描けるんですか？　違うでしょう。おかみが南の離れにと言ったのですから、このまま、この部屋にいてください。そして絵を描いてください。いいですね」

布団が一瞬盛り上がった。遊斎は中で震えあがっているのではあるまいか。

「あんたもだよ。しっかりしな」

言われて梅乃もうつむいた。

「落ち着いたら、お茶でもいれて話を聞いておやり」とささやき、行ってしまった。

しばらくして遊斎はそおっと布団から亀のように頭を出した。梅乃と目が合うと、情けない表情になった。

「障子は張り替えればいいとしても、土壁は全部、塗り直さなくちゃならない。高くつくなぁ」

借りた三十両に如月庵の宿代、さらにこの部屋の修理代が上乗せされた。

借金は荒縄となって遊斎の首をしめている。

梅乃がお茶を入れると、猫舌の遊斎はちびちびと飲んだ。その様子は真面目で気が弱そうな、梅乃が知っている遊斎だった。本当にこの男が付け火をしたのだろうか。

「お客さんの中には鬼が棲んでいるんですか？」

梅乃は恐々《こわごわ》たずねた。

「いるよ。師匠に言われたんだ。本物の絵師になりたかったら、心に鬼を飼え。鬼になることを恐れるな。それで、鬼になれ、鬼になれと念じていたら、ほんとに鬼を呼び込んじまった」

遊斎は情けない目をした。

「だけど、おいらは所詮、臆病な椋鳥だ、鬼を飼うなんて恐ろしいことは考えちゃいけなかった。鬼が勝手に暴れるんだ」

やっぱり火を付けたんだ。

暴れて部屋をめちゃくちゃにする代わりに、家に火を付けたんだ。

梅乃の手が震えた。その拍子に懐から浮世絵が落ちた。遊斎はしばらくその絵を眺めて梅乃に手渡した。

「おいらの絵を買ってくれたんだ。申し訳ないことしたね」

「今日、蛙堂に行きました。彫師という人にも会いました。やせて頬に傷のある人でした」

「ああ。あいつか。遊斎はたいした絵師じゃないって言ってただろう」

「そんなこと、ありません。温かみのあるいい絵を描く、師匠も期待していたって言ってました」

分からないが、彫師も遊斎の絵が好きに違いない。それ以上に遊斎の人柄を愛している。きっと遊斎はもう、あと一歩のところに来ているのだ。だが、その一歩が難しい。はるかに遠い。だから、この人は苦しんでいる。周囲も心配しているのだ。

「期待していたかぁ。鳴かず飛ばずで十五年。これはおいらのかみさんと息子。病気で二人とも死んじまった」

遊斎はごろりと畳に寝転んだ。

「おいらはさぁ、こんな風に頼まれ仕事をする程度の、ちっぽけな絵師なんだ。それ以上を望んじゃいけなかった。罰があたったんだよ。むごくて美しくて恐ろしい女の幽霊か。探したよ。いそうなところにはどこでも行った」

「見ることができたんですか?」

梅乃がたずねると遊斎はがばりと体を起こした。

梅乃は思わず体を引いた。目が異様な光を放っている。

「ああ。見たよ。この目で。そんで、おいらは鬼を呼び込んじまった」

その晩、吉原で火事が出たと聞いて、遊斎は奮い立った。今日こそ、むごくて美しくて恐ろしい女の幽霊に会えるかもしれないと思った。それで一人、出かけた。

それはつまり、焼け死ぬ人を見に行ったということか。

火事場にはやじ馬が集まる。それは単純に火が燃えている所を見たいのだ。

火事場見物と、人が死ぬところを見に行くのとは、全然違う。

梅乃は遊斎の顔を見た。

顔つきがすっかり変わっていた。楽しそうに笑っている。

「まったくひでぇ火事さ。熱い風がごおおって吹くと、店の中から黒い煙が出て、火が噴き出した。あっちからも、こっちからも、悲鳴やら泣き声やら、怒鳴り声が聞こえてくる」

逃げ遅れて煙に巻かれたり、将棋倒しになって押しつぶされた人もたくさんいた。

遊女が逃げないように、部屋に閉じ込めて鍵をかけた店もあったらしい。人とは思えないすさまじい声が聞こえた。

「足がすくんで逃げられない。そのくせ手は動くんだ。人が燃えて、苦しんでのたうち回っている様子を描いた。今まで描いたことのないような絵が描ける。すごいんだ。おいら、自分が天才かと思った」

夢中で描いているうちに朝になった。焼け野原にいた。

遊斎の目から光が消えていた。

「吉原でむごくて美しく恐ろしい女の幽霊を見たんですか」

「いや。あそこにはいなかった。いたのは苦しんでいる人間ばかりだ」

低い声で答えた。

遊斎は風呂敷包みの中から画帳を取り出して、梅乃に投げつけるように渡した。

画帳は和紙を切って自分で綴じたもので、煙の臭いがしみつき、表紙は泥で汚れ、指の跡がいくつもついていた。

梅乃が恐る恐る中を開くと、火事の様子が遊斎らしい正確な筆で描かれていた。

男衆に背負われ、逃げていく花魁。逃げ場を失い、店の格子戸を摑んで泣き叫んでいる遊女、建物の二階、三階から飛び降りようとする客、背中に火がつき、転げまわって消そうとしている者、焼け焦げて不自然な形に縮こまっている人体。

恐ろしい絵だ。

遊斎はこの場にいたのだ。人が苦しむ様子を見ながら、ただ絵を描いていた。救われたかもしれない命を見捨てて、自分の功名心のために描き続けていた。

「私だったら、絵を描いていられないと思います」

「そうだよな」

「画帳を捨てて、人を助けたと思います」

「ああ。それがまっとうな人間のやることだ。おいらは間違ってしまった」

「そんな簡単に認めないでください」

梅乃は腹を立てた。自分に、そして遊斎に。

火事で燃えている人を見た。でも、助けてあげられなかった。それどころか怖くて逃げ出した。

自分に遊斎を責める資格があるだろうか。

「鬼っていうのはさ、最初はやさしい顔をして近づいてくるんだ。そうやってとりついて、その人間から大事なものを奪っていく。最後はそいつまで食いつくしてしまうんだ」

遊斎は乱暴な様子で画帳をめくって、最後の一枚を見せた。

「この絵を見ろよ。こいつらが誰だか、あんたには分かるだろう」

逃げる人々が背を向けている中、一人だけこちらを向いている女がいる。子供を抱いていた。女の鼻の脇に黒子があった。

お玉だ。抱いているのは遊斎の息子の卯吉に違いない。どうして、この場所にいるのだろう。

「なぜ、こんな絵を描いたのか自分でも分からねぇ。あわてて家に戻ったら、家は何事もなくお玉も卯吉も元気だ。なんだ、どうってことねぇじゃねえか。心配させるねぇ。ほっと安心してたら、その晩、火が出た。家が焼けたので三人でお救い所に行った。そしたら、みんながおいらを見るんだ。こそこそ話しているのが聞こえた。おいらとよく似た男が火をつけているのを見たって人がいたんだ」

居づらくなってそのお救い所を出た。別の場所に行くが、なぜか噂が追いかけて来る。そうこうしているうちに二人が寝込んだ。

「悪い水でも飲んだんだろうなぁ。ひどい下痢だった。三日三晩、苦しみ続けて死んだ。おいらは鬼を呼び込んじまった。鬼はおいらから嫁さんと子供を奪っていった。そうやって、おいらのすべてを持って行くつもりだ」

遊斎は泣き出した。

4

翌朝、遊斎は朝飯をほとんど食べなかった。

相変わらず、筆をとる気配はない。

今日が約束の刻限なのに。

玄関の掃除をしながら、何度もため息をついたら樅助が言った。

「描くのは、あのお客なんだから、梅乃が心配したってしょうがねぇだろうよ」

その通りだ。

梅乃は前の日に聞いた話をした。

「だいたい世の中に鬼なんてもんはいねぇんだよ」

樅助は煙管《キセル》に火をつけながら言った。

「絵を描くために、わざわざ苦しんでいる人を見に行くなんて尋常なもんのすることじゃねぇ。あのお客はそれが分かっていて出かけて行った。ああ、申し訳ない、人間のすることじゃないと思う一方で、絵を描くためには必要だと考えた。そんなことをしているうちに、心が二つに割れちまったんだな」

割れた二つがぶつかり合って喧嘩して、どうにもならなくなって暴れ出す。

「じゃあ、どちらか一つにすればいいんですか？」

「申し訳ありませんでしたと世間に頭を下げていい人に戻るか？　そう簡単にはいかねぇだろう」

第一、それでは注文の絵が描けない。

描けなければ借金が返せず、絵師を続けることもできなくなる。

「でも、絵を描くためなら人が苦しんでいても平気だっていうのは、私は嫌です」

「まぁ、そうだな。わしもそう思う」

注文の絵を描いて、なおかつ心安らかになるにはどうしたらいいのだろう。

「それを考えるのが、部屋係の仕事だろう。こっちは下足番だ。役割が違う」

梅乃は困ってうつむいた。何をどう考えればいいのかも分からない。

「まぁ、お前さんも初めての部屋係だからね、一緒に考えてやるさ」

樅助は玄関の脇に座ると、腕を組んで中空をにらんだ。

「あの男はむごくて美しくて恐ろしい女の幽霊の顔を見たって言ったんだろう。だけど、吉原じゃない。画帳にもそんな絵はなかった。じゃあ、どこで見たんだい？

あの男のことだ、どこかに描いた絵があるはずだろ。それを探してみたらどうだ？」

昨日の画帳よりももっと恐ろしい絵だったら、どうしよう。

梅乃の返事は鈍くなった。

「おぼしき事言わぬは腹ふくるるわざなりって言葉知っているか？　言いたいことを言わないで我慢していると、苦しいって意味だ。あのお客は絵師だから、描きたいものを我慢して描かねぇのは苦しいんだよ」

描きたい気持ちと、描いたら恐ろしいことが起こるのではないかと思う気持ちがぶつかっているということか。

「鬼はいねぇって言っただろ。心配したってしょうがねぇんだよ。思い切って描いちまうんだ。今は、それしかねぇだろう」

樅助はすっぱりと言った。そんな風に割り切れないから、人は苦しんだり、悩んだりするのではないだろうか。

「じゃあ、どうする？」

やっぱり、割り切るしかないのか。

「探してみろよ」

今はそれが一番のような気がする。

梅乃は納得した。

だが、その絵はどこにあるのだろう。

部屋にないとすれば家だろうか。しかし、家は焼けてしまっている。

そうだ、焼け跡にいたおばあさんは近くの寺に絵が残っていると言っていた。

「なら、そこに行ってみな。桔梗にはわしから伝えといてやる」

縦助がにやりと笑った。


梅乃は如月庵を出た。坂道を下って上野広小路に出て、遊斎の家のあったあたりに行った。寺を捜すと、すぐ近くにあった。小さく古びていてお堂の裏手に墓が見え、新しい卒塔婆《そとば》がたくさん立っていた。墨染の衣を着た年老いたお坊さんが庭を掃いていた。

「あの、すみません。江戸川遊斎さんのことでうかがいたいのですが」

お坊さんが顔をあげた。やせて枯れ枝のような手足をしていたが、細い目に力がある。

「私はこの寺の住職だが、どんなことですかな?」

「遊斎さんが残した絵を見せていただけないでしょうか」

梅乃が訳を話すと、お堂の脇の小部屋に案内された。

「どういう絵か、分かっていますか？　死んでいく方の姿を描いたものですよ。いい加減な気持ちで見るものではありません。祈りの気持ちを持って見ていただけますか？」

住職は恐ろしい絵とも、幽霊画とも言わなかった。

梅乃が遊斎の役に立ちたいと言うと、住職は奥から絵を持って来た。二十枚ほどの束で、くしゃくしゃに丸められた紙をていねいに伸ばし、破れたところをつくろってあった。

「これらは遊斎さんがおかみさんのお玉さんを描いたものです。お玉さんは流行り病にかかり、こちらで亡くなられました」

住職は合掌すると、静かに紙を広げた。それは横たわるお玉の図だった。

梅乃は最初誰だか分からなかった。それほど、顔が変わっていたのだ。ふっくらとしていた頬はこけ、目は落ちくぼみ、薄く開いたまぶたの間の瞳は、ぼんやりと焦点が定まらない。乾いた唇が何か、言いたそうに半開きになっている。

「遊斎さんのことは昔からよく知っています。お玉さんもいいおかみさんで、近所でも評判の仲のいい家族だ。穏やかに暮らしていましたよ。それが変わったのは、何か月か前のことです。何か大きな仕事を請け負ったとかで、遊斎さんは難しい顔をするようになりました。いらだって怒鳴る声が聞こえるようにもなったんです」

遊斎はぼや騒ぎがあると見に行った。火事場には弥次馬が多いものだが、陰気な様子で眺めている遊斎は目立った。火つけの犯人ではないか。そんな噂が流れはじめた。ある日、遊斎が焼け焦げた着物で泥だらけになって戻って来た。目が吊り上がり、尋常な顔つきではなかった。

何があったのだと、近所の人はいぶかった。

その晩、このあたりで火事が起こった。

遊斎が火つけの犯人だ、そうに違いない。たちまち噂が広がった。

「いくつかのお救い所を回って私どものところを頼って来た時には、お玉さんも卯吉さんも流行り病にかかっていました」

住職は厳しい顔になった。

二枚目、三枚目。

梅乃は手を合わせ、絵を見つめた。

絵が進むとお玉の病状も悪くなっていった。早い筆で描かれたお玉はこぶしを握り、大粒の涙を流している。

「卯吉さんが亡くなったと聞いた時のお顔です」

遊斎はその顔を描いた。

やさしい言葉をかけてあげたのだろうか。いっしょに泣いたのか。

そんなこともしないで、筆を走らせていたなら人として許せないような気がした。

やがてお玉に死相が現れた。もう目を開けることも、口をきくこともできないのだろう。か細い息をしているのが分かる。遊斎の筆はお玉の息遣いまで紙に写している。

やはり遊斎は鬼を呼び込んだのではないだろうか。

梅乃は胸が苦しくなった。

「恐ろしい絵だと言う人がいます。尋常なことではないと怒る人もいました。けれど、私はこんな時も絵筆を離さなかった遊斎さんは本物の絵師だと思います。そして、この絵を描かせたお玉さんもまた、立派な絵師の女房ではないですか?」

住職は静かな声で言った。

梅乃は答えることができなかった。

紙をめくるのが怖くなった。これが本物の絵師とその女房の姿というのなら、画業というのはなんと厳しいものなのだろう。

もう、いいですという言葉がのどまで出かかった。

だが、我慢して紙をめくった。

お玉の死に顔があった。安らかな表情をしていることにほっとした。

だが。

探していた幽霊の絵はない。

遊斎は一体、どこで幽霊に会ったのだろう?

「もう一枚、最後の絵があります」

恐る恐る紙をめくった梅乃は息をのんだ。

「これは……」

住職がうなずいた。

「この世ならざるものを幽霊というのなら、この絵はたしかに幽霊の絵です。遊斎さんが鬼神となっても構わぬと追い求め、お玉さんが命の最後に見せた姿です。私は美しい、尊いものだと感じております」

梅乃は幽霊の絵を見つけた。

如月庵に戻ると、入り口に紅葉の姿があった。

「早く、早く。南の離れのお客さんが絵を描き始めたんだ。描き始めたらあっという間だ。今、蛙堂の主人と依頼主の札差の代理の人を呼んでいる」

部屋に行くと、遊斎は下描きをすませ、色をのせようとしているところだった。

傍らにはお松と桔梗が座っていた。

そこには桜木の絵を真似た、やせた女が描かれていた。幽霊らしい表情をしているが、遊斎の筆の冴えはない。

違う。全然違う。

梅乃は叫びだしそうになった。

この程度の絵を描くために、遊斎は苦しんだのではないはずだ。

目利きといわれる札差が果たしてこの絵で満足するだろうか。

「いい所に戻って来た。今、ちょうど下描きを終わったところだ」

遊斎が振り返って言った。人気の絵師を気取っているが、自信がないのか目に落ち着きがない。

梅乃は遊斎のそばに行った。

「遊斎さん、本当に、この絵でいいんですか？　違いますよね。この絵じゃないですよね」

梅乃が小声でささやくと、遊斎の目が三角になった。

「生意気なことを言うな。これでいいんだ。これが今の流行りなんだ」

遊斎がささやき返した。

梅乃は懐から絵を取り出した。

「お玉さんと卯吉さんが葬られたお寺に行ってきました。それで住職さんからこの絵を預かってきました。この絵を見てください」

「知ってるよ。そんなもん。おいらが描いたんだ。分かっているよ」

遊斎の声がとがった。

「ちゃんと見たんですか？　住職さんの話ではお客さんは最後の絵を描いた途端、急に我に返ったようになって転がるように逃げ出したそうじゃないですか」

「あんたはいっつも余計なことをしてくれる。もう、いいよ。うるさいんだよ」

遊斎が梅乃の手を振り払った。その拍子に絵が散った。最後の一枚がひらひらと舞って畳に落ちた。お松と桔梗が息をのんだのが分かった。

「なんだよ、こんな絵。破ってやる」

梅乃はひったくるようにして取り戻した。

「返せよ」

遊斎が怒鳴った。

顔つきが変わっていた。口が奇妙に開いて、二つの目が宙をさまよっている。

「おいらはもう、何も怖くないんだ。邪魔する奴はこうしてやる」

梅乃に手を伸ばした。

その手を逃れて、部屋の隅に逃げた。

遊斎が鬼を呼び込んだというのは本当だ。怒らせたら何をするか、分からない。

廊下に出ようとしたら、誰かが袖をつかんでいる。桔梗だった。

部屋係はあんただろう。この場を収めるのは、あんたの仕事だと、顔に書いてある。

そおっとお松の顔を見ると、お松も「ここで頑張らないで、いつ頑張る」と言いたそうである。

梅乃は大きく息を吸って、気持ちを落ち着けた。

「遊斎さん、私はお客さんの部屋係ですから、お客さんのためになろうと思って動いています。それしか、ありません。お客さんにはいい絵を描いていただきたいんです。住職さんも、遊斎さんなら描けるはずだって言っていました。この絵はその証です」

遊斎は鼻を鳴らした。

「覚えてねぇよ。おいらは夢中だった。そばにいた誰かに何か言われて、我に返った。それで自分が怖くなった。おいらはてめぇの女房が苦しんでいるってのに、優しい言葉ひとつかけてやらず、ただ絵を描いてた。これで描ける、女の幽霊の顔がここにあるって、そんなことばっかり考えていた。ひでぇよな、人じゃねぇよ。鬼を飼えなんて言われてさ、本当に鬼を呼び込んじまった」

くしゃくしゃっと泣き顔になったと思ったら、遊斎は突然立ち上がり梅乃につかみかかって来た。

「絵を返せ。この絵はこの世にあっちゃ、いけないんだ。破ってやる、燃やしてやる。灰にするんだ」

遊斎の手が梅乃の手をつかんだ。

引き倒されると思った瞬間、桔梗の体が動いた。遊斎はうめき声とともに畳に倒され、桔梗が押さえつけている。

どういうことだ？　桔梗は一体、何者なのだ？

頭の隅に疑問がわいたが、今はそれを考える時ではない。梅乃は最後の一枚を手に持って広げ、遊斎に見せた。

「最後の絵をもう一度、ちゃんと見てください。やさしい、静かなお顔をしています。どうして、こういう絵になったか分かりますか？　お玉さんがこう描いてほしいと望んでいたからですよ。住職さんがおっしゃっていました。この世ならざるものを幽霊というのなら、この絵はたしかに幽霊の絵だ。遊斎さんが鬼神となっても構わぬと追い求め、お玉さんが命の最後に見せた姿だ。美しい、尊いものだと感じている。私もその通りだと思います」

遊斎は困惑した表情を見せた。

「遊斎さんは幽霊の絵を描きたいんです。でも、描いたらいけないと思うから苦しい。描いてください。描いて、本物の絵師になってください」

「だから、鬼が……」

「鬼がこんな静かな美しい絵を描かせるんですか？　違うでしょう。鬼なんて、どこにもいません。お玉さんが遊斎さんに描かせたんですよ」

「いや、だって、これは……」

「どうして、その気持ちをきちんと受け取ってあげないんですか」

遊斎は夢から覚めたような顔であたりを見回した。

「いいのか。描いてもいいのか。お玉は……、あいつは悲しまないのか？」

「お別れに残した絵ですよ。そんなはず、ありません」

「そうだな。そうだよな」

遊斎は何度もうなずいた。梅乃が絵を手渡すと、遊斎は愛おしそうにその顔をなでた。

お松が静かに立ち上がった。桔梗も、梅乃も続き、部屋を出た。

夕方、遊斎の絵ができあがった。

それは濃い霧の中に悲しい表情をたたえ、たたずむ一人の美しい女の姿だった。

その表情から、すでにこの世のものではないことが分かる。

やって来た蛙堂の主人は喜び、札差を呼んだ。

豪華な駕籠でやって来た札差は一目見て、大きくうなずいた。

「そうだ。この絵だ。私が望んでいたのは、これだ。ずいぶん、昔、慣れ親しんだ娘に悲しい思いをさせた。そのことを思い出した」

札差は目をうるませた。

梅乃は彫師が言った言葉を思い出した。

「絵の中にしかいない女なのに、どんな声でどんなしゃべり方をするか分かる。なんのことはねぇ、てめぇの好みの女の面影を絵にかぶせているんだ」

遊斎は絵の中にいる女に命を与えるすべを身につけたのだ。

蛙堂の主人は「これから、こういう画をどんどん描いていただきたいですな」など話をして帰って言った。


翌朝、遊斎は如月庵を発った。

「お玉と卯吉の墓参りに行きます」

「これからも、絵を描いていかれるのですか？」

お松がたずねた。

「そのつもりです。おいらには絵しかねぇんで」

遊斎の笑顔は晴れ晴れとして、どこか寂しそうでもあった。如月庵には、春の庭で遊ぶ母子の絵が残された。男の子が、白いはこべの花を手にして笑っている。母親が子供を見つめる目はやさしく、眺めていると、こちらも温かい幸せな気持ちになってくるようだ。

「とうとう本物の絵師になったたな」

後ろ姿を眺めていた樅助がつぶやいた。

「その代わり、かけがえのないものを失いました」

「そんな風に思っちゃいけねぇ。これからもお玉さんや卯吉坊が支えてくれる。そういうもんだ。あんただって、そうだよ。おとっつぁんやおっかさんが見守ってくれてるんだ。安心しな。大丈夫。ねぇちゃんのことだって、守ってくれているさ」

梅乃は懐のお守り袋をそっとなでた。

第二夜

雪に涙の花嫁御寮

1

「雪が降っている。

今日に限って、どうして雪なんかが降るのだろう。

世の中のすべてのことが、私の気持ちとは反対の方向に行っているような気がした。

悲しくて、悔しい」

「雪だよ」

紅葉の声で梅乃は目が覚めた。薄い布団をはねとばして起き、姉さん格の仲居たちが寝ている布団の間をすり抜け、雨戸の隙間から外をながめた。屋根も木立も真っ白だ。大きな雪のかけらが後から、後から降ってくる。

今日は節分。暦の上では明日から春というのに、冬はまだまだ居座るつもりらしい。

梅乃と紅葉は着替えると、裏口から外に出た。雪は三寸（約十センチ）ほど積もっていて、一歩踏み出すたび、下駄がすぽりと埋まる。

表の坂道に通じるまっさらな小道を、二人は足跡をつけながら進んだ。坂道も白い。振り返れば不忍池も雪に染まっている。湯島天神の石段を、すべり落ちそうになりながら登って境内に入ると、梅の枝に雪が積もっていた。咲き始めた紅梅が雪に透けている。

二人でがらがらと鈴を鳴らして、おまいりをした。

「おねぇちゃんが無事で、早く見つかりますように。如月庵のみんなが幸せになりますように」

梅乃が祈った。

「いいご縁に恵まれて花嫁になれますように。お金持ちで、顔がよくて、うるさいお姑のいない男にしてください」

紅葉が祈った。

天神様は学問の神様だ。ふたりの願いは届くだろうか。

「学問はよいですから、そっちの方をお願いします」と紅葉は重ねてお願いする。

お賽銭も上げないで、勝手なことをいうと天神様は怒っていないだろうか。

「平気。平気。そんな根性の狭い神様はいない」

紅葉は適当なことを言う。

「如月庵には金持ちのお客が行くっていうから、来たんだよ。だけど年よりか、夫婦者ばっかりだ。がっかりだよ」

色白の顔に目じりの少し下がった眠そうな目とぽってりと厚い赤い唇。首も手足も細いが、胸は鞠でも入れたように大きく前に突き出ている。

梅乃は紅葉の本当の名前を知らない。ここに来る前は大井の宿にいたというが、それ以外のことはほとんど話さない。紅葉だけではない、玄関番の樅助も板前の杉治も仲居頭の桔梗も、どこで生まれて、如月庵に来る前は何をしていたのか聞いたことがない。

「雪っていいね。汚い物が全部かくれて、まっさらになる。あたしもこんな風に、きれいに生まれ変わりたい」

紅葉がぽつりと言った。

十七年しか生きていない紅葉に捨ててしまいたい過去があるのだろうか。

「私は生まれ変わるんじゃなくて、やり直したい」

梅乃は言った。

おとっつぁんやおっかさんが生きている時に戻りたい。そうしたら、もっと二人の言うことをきいて、ちゃんと家の手伝いをして、いい子にするんだ。おねぇちゃんとも仲良くして、毎日笑って今日は楽しかったねと言いながら眠る。

「できっこないね」

紅葉が言った。

「うん」

雪はいつか溶けてしまう。短い夢は終わる。

紅葉がひゃっほいと、妙な掛け声をかけて雪玉を投げた。梅乃が投げ返すと、紅葉の髪にあたった。それから雪合戦になった。

紅葉が投げた雪玉は、梅乃をはずれて木の枝にあたった。梅乃はつるりとすべって尻もちをついた。それで二人で大笑いした。気がつくと、ずいぶん時間が経っている。

「大変、早く帰らなくちゃ」

梅乃が言って駆け出すと、紅葉も続いた。

こっそり裏口から入ろうとしたら、お蕗に見つかった。

「何やってんの。子供みたいに。早く着替えないと風邪をひくわよ」

大急ぎで髪をふいて着替え、板場に行くといつものように、全員が集まっていた。お松がその日の予定を説明する。

「南の離れは品川の田丸《たまる》屋様、花嫁の御一行で、北の離れは一心館《いっしんかん》の宴会。青梅《おうめ》の造り酒屋から寒絞りの酒と酒粕が届くから、ご近所にお配りする。忙しいけれど、こういうときほど、一つ一つの仕事に心を配っててていねいにしておくれ。いいね、紅葉。ちゃんと聞いているかい？」

うわの空で聞いていたらしい紅葉が、ひょっと首をすくめた。

今日の花嫁は品川の呉服商、田丸屋の娘、お琴《こと》。相手は上野のかんざし屋、山崎《やまざき》屋の長男、幸太《こうた》郎《ろう》。花嫁たちは今夜、如月庵で一泊し、明日、花嫁行列を仕立てて山崎屋に向かい祝言となる。

「花嫁行列だって」

「呉服屋だもの、きれいなんだろうねぇ」

梅乃と紅葉がこそこそ話をしていたら、仲居のお蕗に「何、他人事みたいに浮かれているのよ」とたしなめられた。

「何事もなくて当たり前。なのに、なぜか思いがけないことが起こることもある」

誰かが転んで足を折る、花嫁衣裳《いしょう》を家に忘れて来た、さらには長持の荷物やお金がそっくり盗まれてしまった……。

「これは、よその宿で本当にあったことなんだけどね」とお蕗が声をひそめた。

男の馴染みだったという女が部屋に入り込んで、花嫁衣裳を着て座っていた。まさか、同じものを祝言に使う訳にはいかないから、大急ぎで新しいものを調達した……。

「そういう時に、どういう手配をするかで宿の価値が決まる。まぁ、その辺りのことはおかみさんなら、お手の物だけど」

お蕗が言った。


昼前に青梅の造り酒屋から樽酒と酒粕が届いた。

樽酒はお客さんへの振る舞い酒となり、酒粕は甘酒や料理にもなる。今日は走りのさわらを酒粕で漬けるそうだ。そのほかに、大根にはす、干ししいたけなどを入れた粕汁。お好みで鍋仕立てにすることもある。どちらも体が温まると好評だ。酒粕をかるくあぶって酒の肴にするという人もいる。

酒粕をご近所におすそ分けするのも毎年のことで、近所の家でも楽しみにしているそうだ。

板前の杉治がご近所に配る分の酒粕を切り分け、笹の葉で包むころになると、すがすがしい酒粕の香りは廊下を伝って玄関の方にまで広がった。

酒粕を配るのは梅乃と紅葉の役である。

酒粕の包みを持って如月庵を出ると、紅葉が「へへ」とうれしそうに笑った。寒い中来てくれたと、どこの家でもお駄賃に菓子包みなどを用意してくれている。

みんなで分ける約束だが、帰り道に口に入れてしまう分は数に入らない。

二人とも、りすかうさぎになったように、ほっぺたをふくらませて歩いた。

戻ってくると、宿の入り口がにぎやかになっていた。男ばかり十五人ほど集まって、談笑している。どうやら町の剣道場一心館の一行が到着したらしい。

一心館は坂道を上った先の小日向《こひなた》にある道場で、館長は示現夢想《じげんむそう》流を修めた猛者《もさ》だそうで、見れば眼光鋭く、長身で厚い胸、こん棒のように太い腕をしている。その脇に見えるつるりとした丸い頭が八百屋のご隠居。齢七十を重ねているが、毎朝、素振り五百回を欠かさない。年寄りと侮って舐めてかかろうものなら、こてんぱんに叩きのめされるらしい。門人には直参旗本もいれば、お徒士《かち》という身分の低い武士もいる。さらに八百屋に金物屋、大工の棟梁も加わって、研鑽《けんさん》を積んでいる。

そんな腕に覚えのある者たちが夜、見回りをしてくれているから、この界隈には怪しい者が近づかない。物取りや火付けが起こらないといわれている。

今日集まっているのは、その中でもとくに熱心、しかも酒好きという門人である。十日間の寒稽古を終え、お互いをねぎらいながら心置きなく酒を飲み、語るのである。

すでに玄関脇には樽酒が用意され、おかみのお松が升酒をふるまっている。一行は上機嫌である。

後ろの方に、ひょろりと背ばかり高い若侍の姿があった。晴吾《せいご》である。雪道で転んだのか、晴吾の腰のあたりが雪で汚れている。

「きゃぁ」と叫んで、紅葉が駆け出した。

晴吾はさる旗本の御曹司で、やさしげで賢そうな顔立ちをした好青年である。毎朝、昌平坂《しょうへいざか》の学問所に通うため、如月庵の前の坂道を上る。紅葉は晴吾に「おはようございます」の一言を言いたいために、毎朝、表の掃除を買って出ている。

「晴吾さん、お待ちしておりました。お荷物、お持ちいたしましょうか」

甲高い声があたりに響いた。

「おやぁ、これはお安くないなぁ」

脇にいた男が軽口をたたいた。

晴吾は困った様子でうつむいた。晴吾は一心館一番の若手で、しかも入門して日が浅い。館長の荷物持ちを仰せつかっている身である。先輩をさしおいて、若い仲居に親しげに声をかけられるのは少々、いや大変にまずい。

「いや、その、大丈夫です」

頬を染め、口の中でもぞもぞと答えた。

紅葉の目には晴吾しか入っていない。一心館の人々も梅乃も、その先にいる仲居頭の桔梗の姿もだ。

桔梗が紅葉を晴吾から引き離した。

「まったく、あんたって子は。油断も隙もあったもんじゃない。荷物が持ちたかったら、八百正《まさ》のご隠居の荷物を持ちなさい」

紅葉は頬をふくらませた。

昼を過ぎると、雪はますます激しくなった。

梅乃はお松に呼ばれた。部屋に行くと、濃紺の縞の着物を来た五十がらみの男が座っていた。ごま塩頭で顔に古い傷がある。丸っこい体つきだが、肩にも背中にも固い肉がついているのが分かる。

「このあたりを仕切っている十手《じって》持ちの親分で、富八《とみはち》さんとおっしゃる」

お松が言った。

「このお松さんとは昔からの知り合いでね、時々、こうして寄らせてもらうんだよ。宿っていうのは、いろんな人がやって来るだろう」

富八は穏やかな目で梅乃を見た。

「あんたは、あの火事で焼け出されたんだってな。ねえさんはまだ、見つからないのかい？」

お園の話題になったので、梅乃は顔を引き締めた。いまだに便りもないし、お園らしい人がいると聞いて出かけたこともあったが、人違いだった。

「そうだなぁ。あの火事は大きかったからなぁ。ねえさんは上野の播磨屋にいたんだろ」

「はい。火事のあと、すぐ播磨屋にも行きました。近くのお寺でご遺体も見ましたが、分かりませんでした」

真っ黒に焦げてしまって、分かるような状態ではなかった。

だから梅乃は姉が生きていると思い、探している。

お園は生きている。

それは願いなのか、希望なのか、信念なのか。

今では、それすら分からなくなる時がある。

「火元は播磨屋らしいんだ。あの晩、若い娘が火事だって叫んだ。だが、火の回りが早くてどうにも手がつけられなかったそうだ」

「その娘っていうのは……」

お園ではないかという言葉を飲み込んだ。

「誰だか分からねぇ。行方もしれねぇ」

沈黙があった。

「播磨屋が火元なんて、おかしいと思います」

梅乃はずっと考えていたことを言葉にした。

「ほお、どうしてそう思う」

何気ない風で富八がたずねた。

「おねぇちゃんがいつも言っていました。油を扱う商いだから、火の元には人一倍注意しているって。そんな店が火元になるなんて、考えられません」

「そうだな」

「あの店には旦那さんや奥さんのほかに小さな娘さんもいました。手代さんや女中さんが十人以上も働いていたはずです。それがみんないっぺんに亡くなってしまうなんて変です」

「最後まで火を消そうと頑張ったのかもしれないよ」

試すような言い方をした。

「私がお店の人だったら、奥さんや娘さんを真っ先に逃がしたと思います」

富八は肉厚の大きな手で茶碗を包むように持つと、ゆっくりと飲んだ。

「分からねぇことだらけだな」

そうだ。何も分からないから、宙ぶらりんだから、梅乃は自分の思いをどこにぶつけたらいいのか分からない。だから苦しい、悔しいのだ。

「ねえさんのこと、何か分かったら教えてくれ。こっちも力になれるかもしれねぇから」

富八は静かに席を立った。

板橋で紅《べに》や白粉《おしろい》を商っているという五平衛《ごへえ》とお多加《たか》という若い夫婦がやってきたのは、その少し後だった。坂道から如月庵の玄関まで、わずかな間を歩いただけなのに雪だらけになっていた。五平衛は小太りの丸顔で、人の好さそうな顔をしている。お多加はきゅっと目尻のあがったきつね顔の美人である。

二階の十の間に通し、梅乃が部屋係についた。

「お家にいらっしゃるつもりで、寛いでくださいませ。お気づきの点は、ご遠慮なくおっしゃってください」

挨拶して顔をあげると、五兵衛は戸を大きく開けて外を眺め、お多加は火鉢を抱えるようにして座っていた。暑がりと寒がりの二人なのだろうか。

「お寒いようでしたら、火鉢の炭を足しますが」

梅乃が遠慮がちにたずねると、「いいえ、大丈夫」とお多加が答えた。

「では、ご酒でも。ちょうど、今日、青梅から寒絞りの酒が届いております」

「酒は飲まないんだ」

五兵衛が答える。

「えっと、では、お風呂は……」

「構わないでいいよ。用があったら、こちらから呼ぶから。なんだか、疲れてしまったみたいでね、少しゆっくりしたいんだ」

「分かりました。それでは、ご用がございましたら呼んでくださいませ」

梅乃は部屋を出た。余計な世話は焼かないというのも、部屋係の心得だ。

玄関に来ると、いつものように縦助が玄関脇に座っていた。縦助は如月庵の生き字引のような男だ。もう老人と言っていい年齢で、枯れ枝のようにやせている。その縦助の頭がこくりと揺れた。居眠りをしているらしい。

「縦助さん」

梅乃が声をかけると、はっとしたように目を開けた。

「いやぁ。しまった。つい、うとうとしてしまった」

「こんな寒い玄関で?」

吹き込んだ雪が縦助の膝を白く染めている。

「なんのこれしき。寒さのうちに入らんよ」

そう言って立ち上がって腕をぐるぐると回して見せたが、その途端咳き込んだ。

縦助の眼がうるんでいる。熱でもあるのかもしれない。

「熱があるんじゃないですか?　少し休んだ方がいいですよ」

「いやいや。まだ、肝心の花嫁さんの一行が来ない」

「そうですけど……。私がここで見ていますから、裏で少し休んでくださいよ。誰か来たら呼びますから」

そんな押し問答をしていると、紅葉がやって来て「あたしもいるから、大丈夫」と言った。

「二人に言われちゃあ、しょうがないなぁ。それなら、少し休ませてもらうか」と縦助はみんなが一休みする時に使っている裏の四畳半に行った。

梅乃と紅葉は玄関の脇の縦助のいた場所に座った。火の気のない玄関脇は寒い。冬の日はすでに陰り始め、宿の奥から夕餉《ゆうげ》の支度をする音が響いてくる。とりとめのないおしゃべりをしながら、ふと目をあげると、女がいた。いつからいたのだろうか。

女は五十をいくつか過ぎているらしい。髪には鼈甲《べっこう》のかんざしが一つ、黒っぽい着物に帯もこげ茶。全身がくすんだ色でおおわれていた。

「部屋は空いていますか？」

女は低い、しわがれた声でたずねた。

「あ、はい」

梅乃は答えてからしまったと思った。

女の一人旅というのは、慎重を要する。泊めてよいかどうかは、いつも縦助が判断する。縦助を呼びに行かなくては。

腰を浮かせたとき、女が言った。

「主人と二人で湯島天神にお参りに行きまして、この雪ですから今日はこちらにご厄介になりたいと思いまして。主人は今、人と会っておりますから、おっつけ、来ると思います」

一人旅ではないということだ。

「それは、それは。寒いのに大変でしたねぇ。どうぞ、お部屋にご案内します」

紅葉が立ち上がり、部屋に案内しようとしている。梅乃は紅葉の袖をひいた。

「縦助さんに相談しないと」

「だって、この雪だよ。断るのは気の毒だよ」

歩いて来たらしい女の着物は雪でぬれ、足は泥で汚れていた。梅乃は湯を運び、女の足をすすいだ。

「お客様はこちらは初めてですか?」

梅乃はたずねた。

「前にも一度」

女はしわがれ声で答えた。女は千住の乾物問屋、駿河《するが》屋のおかみのお貞《さだ》と名乗った。

影が薄いというのは、こういう人を言うのだろうか。

梅乃はなんだか、とんでもない間違いをしているような気がした。紅葉は何も感じていないらしい。

「まぁ、そうですか。今日は届いたばかりのお酒があります。粕汁も体が温まりますよ」

紅葉はさっさと空いている三の間に案内した。花嫁の一行が泊まるはずの南の離れの隣の部屋だ。

「樅助さんにも、おかみさんにも言わないで、勝手なことをしてまずかったんじゃないの？」

「なんで？　雪の中、わざわざ来たんだよ。追いかえしたら気の毒だよ。大丈夫、あたしが後でおかみさんに伝えておくから」

紅葉はいつものように調子がいい。

「私が四つの時、隣に住んでいたお公《きみ》さんがお嫁に行った。

縁側からお公さんのいる座敷をのぞくと、お公さんは白い花嫁衣裳を着て座っていた。私が知っているお公さんはころころとよく笑う人だったが、その日のお公さんは大人びて、まるで違う人のようだった。

お公さんは私を見るとにっこりと笑って手招きした。私はおそるおそるお公さんの傍に寄った。

『今までありがとうね』

お公さんは言った。

私はなんと答えていいのか分からなくて、ただ、小さく頭を下げた。

いつか私もお公さんのようなやさしい花嫁になりたいと思った」


夕餉の時間になり、梅乃は桔梗たちと共に一心館の一行のいる北の離れに膳を運んだ。走りのさわらの粕漬け焼きに千住のねぎと赤貝を合わせたぬた、きのこのごま和え、とりわけ人気なのが卵の黄身を一晩味噌に漬けこんだ黄金卵とさっと炭火であぶった酒粕で、これがあるといくらでも酒が進むのだそうだ。

部屋には十五人の門弟がずらりと顔を並べていた。中央には館長、その隣が八百正のご隠居。ひと風呂浴びた八百正のご隠居は顔も頭もつやつやと光っている。

「では、館長から一言お願いします」

この日の世話役にうながされて、館長が小さくうなずいた。

一心館の人々は酒が強い。するすると水のように飲んで乱れない。話題はいつも剣のことだ。「跳ぶと跳ねるはどう違う」「剣を持つ時、中指、薬指、小指それぞれの役割は」と論じて飽くことがない。今宵も宴が始まる。

梅乃たちは一礼して部屋を出た。

二階の十の間に膳を運ぶと、お多加が一人で火鉢の脇に座っており、五兵衛の姿がなかった。

「お風呂じゃないのかしら。じき戻ってくるから、二人分、用意していただいて構わないわよ」

お多加が言った。

「母は私の嫁入り道具を何年もかけて調えてくれた。桐の箪笥《たんす》に季節ごとの着物、来客用のお膳一式、上等の筆と硯、お針の道具などなど。祖父が残してくれた掛け軸と茶道具、琴、ひな人形も嫁入り道具として持っていくことになっていた。

母は何かにつけて『あなたがお嫁に行くとき』と言った。女として生まれたら、嫁に行き、子供を持つことは、ひとつの責任。そして、それは幸せなものでなければならなかった」


梅乃が板場に向かっていると、板前の杉治の大声が聞こえてきた。

「おい。どうして、三の間にお客が入っているんだ。俺は聞いてねぇぞ」

あわてて板場に行き、壁に貼った部屋割り表を見る。紅葉の文字で、三の間、男一人、女一人と書き込んである。

「すみません。さっき、女のお客さんが一人で来て……」

梅乃が言うと、杉治が「なんだとぉ」と大声をあげた。「それじゃあ、料理が足りなくなる。勝手なことをするな」

杉治の大きな目でにらまれて梅乃は震えあがった。

さっき、紅葉は自分が伝えると言ったではないか。

どこに行ったのだ。

なんで、自分が怒られるのだ。

桔梗がやって来て、「どういうことだ」と問いただす。梅乃はしどろもどろになった。

挙句に縦助が熱でふらふらする体でやって来て、「どうして、わしに一言、声をかけてくれなかったんだ」と言う。

梅乃は本当に申し訳なく、身のおきどころがなくなった。

それでもなんとか杉治に頭を下げ、桔梗に謝り、縦助に叱られて三の間のお貞の分のお膳は用意してもらった。

「ご主人って人はまだ着かないのかい。いつかみたいに夜更けになって腹が空いたといわれたら、どうするつもりだい」

桔梗は梅乃をにらんだ。


食事の時間が終わろうとしても、花嫁の一行が到着しない。品川から雪の中、花嫁と両親、親戚、女中に髪結い、荷物持ちの男衆がつくという大人数だ。

外はすっかり暗くなり、雪はますますひどくなった。

どこかの家で豆まきをしているらしい。

「鬼は外、福は内」と叫ぶ子供の声が聞こえてきた。

気をもんでいると、五つ近くなってようやく花嫁の一行が到着した。石畳を抜けて駕籠がやってくるのを、玄関で梅乃たち仲居が並んで迎えた。これから風呂に入り、食事をとる。今夜は親子で話したいこともあるだろうが、明日の用意もしなくてはならない。

華やかだが、気ぜわしい到着である。

最初の駕籠から両親が降りて来た。花嫁の父はいかにも大店の主人らしく貫禄のある、恰幅《かっぷく》のいい男だった。眉が太く、大きな力のある目をしている。花嫁の母はうりざね顔にすっと鼻筋の通った美しい人だった。

花嫁のお琴を乗せた駕籠の戸が開くと、白足袋の足が見えて、あでやかな紅色の袖がこぼれた。年は十六、七だろうか。母親によく似たうりざね顔に富士額、形のいい鼻。二重瞼《まぶた》の大きな瞳は父親似か。ぽってりとした唇、細く白いうなじで、すらりとした姿が目をひいた。

「遠いところをありがとうございます。さあさ、お疲れでございましょう。早く、お部屋でゆっくりしてくださいませ」

お松が挨拶をして、仲居たちもそれに続く。

一歩踏み出そうとしたお琴の体がふらりと揺れた。草履《ぞうり》の鼻緒がぷつりと切れて、脱げ落ちる。

母親の口が「あ」の形になった。お琴の腕が水をかくように動いた。お琴の脇にいた女中のお留《とめ》が手を伸ばしたが一瞬遅く、お琴は土間に両手と膝をついた。お留が助け起こしたが、着物の膝のあたりも、白い足袋も泥で汚れてしまっている。

「何をしているんだ。大事な日に」

父親が怒鳴った。

「申し訳ございません」

謝ったのはお留だった。やせた小さな体をさらに小さくして、雪と泥で汚れた土間に手をついた。すりつけるように、何度も頭を下げた。

お琴の顔がくしゃくしゃくしゃっとゆがんだ。

「大事な日に泣くな」

父親が大声をあげた。

びりびりとあたりに響く声だ。

お琴はびくりと体を震わせ、必死に涙をこらえている。母親が手を貸してお琴を立たせた。父親は口をへの字に曲げたまま、その様子を黙って見ている。

続いて駕籠から降り立った親戚の夫婦はその場のただならぬ様子に顔を見合わせ、駕籠について歩いて来た髪結いは困った顔で後ずさりした。

凍り付くとはこのことだ。鋭い刃物が飛び交っているような気がする。

何か言わなくてはならない。言った方がいいだろう。だが、言葉が浮かばない。隣の紅葉を見ると、紅葉も口をとがらせ、目だけきょろきょろさせている。

こういうときに機転を利かせるのは、おかみのお松である。ことさらに明るい大きな声を出した。

「本日は江戸も白無垢《むく》の雪化粧。明朝は格別に美しいことでしょう。みなさま、お寒うございますから、どうぞ、中へ」

それで場の流れが変わった。

一同、ほっとした顔になる。

母親が「お世話になります」と頭を下げると、それを合図に縦助が代わりの草履をお留に手渡す。お琴が草履をはいて一歩踏み出すと、父親の表情もいくらか和らいだ。親戚夫婦も安心したように玄関に進み、仲居たちも「いらっしゃいませ」と口々に言って出迎えた。

花嫁の一行は南の離れに向かった。ここにお琴と両親が泊まり、親戚夫婦、女中と髪結い、下働きの男たちにはそれぞれ別の部屋が用意してある。部屋係がそれぞれの部屋に案内した。

「いやぁ、一瞬、どうなることかと思ったよ。今日、一番の出来事だね」

紅葉が自分の肩をとんとんと叩いた。

「どこがよ」

梅乃は紅葉をにらんだ。

「なんで、あんた、三の間にお客が入ったことをみんなに伝えてくれなかったのよ」

「子猫がさ、ふるえていたんだよ。雪の中、二匹も」

「だから、何?」

「お腹空かせてかわいそうだから物置でかつお節ご飯やった。それですっかり忘れた」

「忘れたで、すむことじゃない」

紅葉のお陰で杉治に怒鳴られ、桔梗に叱られ、縦助さんに小言を言われた。

梅乃の権幕に紅葉は小さく舌を出した。

「しかし、あの人たちも大変だよねぇ。旅館なら江戸にいくらでもあるのに、なんで、わざわざ因縁のある如月庵になっちゃったんだろう」

仲居のお蕗がつぶやいた。

「それ、どういうことですか?」

紅葉はすぐさま、そちらの話題に飛びついた。お蕗は待ってましたという顔で、二人を階段の脇に呼んだ。

「花婿になるのは上野のかんざし屋の山崎屋の一人息子、幸太郎って人だけどね、二年前、この如月庵で別の人と結納を交わしてるんだよ」

その時の相手は、浅草で墨や筆を扱う広洋堂《こうようどう》の一人娘、お千香《ちか》だった。幸太郎は二十七歳、色白の細面《ほそおもて》で役者にしたいような男前。お千香は二十歳で目鼻立ちのはっきりした美人。傍目にも似合いの二人に見えた。

「だけど、半年後には、ぱあだ」

「どうして破談になっちゃったんですか?」

紅葉が身を乗り出す。

「そこなんだよ。お千香のお父さんて人は病気がちで、店の一切を番頭に任せていたんだけど、その番頭にだまされた。早く言えば、店を乗っ取られたんだね」

お千香の父は憔悴して亡くなり、お千香と母親はひっそりと深川《ふかがわ》に越して行った。山崎屋との縁談も立ち消えとなった。

そして一年が過ぎて、去年の秋。跡取り息子がいつまでも独りという訳にはいかない。幸太郎は品川の呉服屋、田丸屋のお琴と見合いをした。とんとん拍子で話が決まり、明日が祝言である。

どこかで聞いたような話である。

つまり、よくあることなのだろう。

幸太郎は別の人と一緒になって幸せになるから、めでたしめでたしだが、お千香はどうなのだ。

店は人に取られ、父は亡くなり、好きだった男はほかの女と祝言をあげるのに、自分は母親と二人のまずしい暮らし。

あんまりだ。かわいそうすぎる。

「そうだよね。自分でも納得がいかなかったんだろう。つい、半月ほど前のことだ。お千香は包丁を持って山崎屋に乗り込んだ」

「ええっ。嘘ぉ」

紅葉は予想を超えた展開にうれしそうな声をあげた。

お千香は髪を振り乱して目を吊り上げ、包丁を振り回して通りで叫んだ。幸太郎出てこい。隠れているのか。何をしている。出てこないなら、こっちから乗り込むぞ。

「番頭や手代が包丁を取り上げ、なんとかなだめて帰したそうだ」

騒いだところで、何か変わる訳ではない。

すごすご帰るしかないだろう。

「お千香って人は勇気あるんだねぇ」

紅葉は別な感想を持ったらしい。しきりに感心している。

「だから言っただろう。嫁入りには何が起こるか分からない。見たことない女が花嫁衣裳を着てたなんてことがないように、あんたたちもしっかり見張っているんだよ」

お蕗は二人の肩をたたいた。

「幸太郎と初めて会ったのは歌舞伎見物の時だ。

仲人が『あちらにいらっしゃるのが、幸太郎様ですよ』と教えてくれたので、顔をあげると、向こうの桟敷《さじき》席から若い男がこちらを見ていた。

遠目でも、目鼻立ちのすっきりとしたやさし気な人だというのがよく分かった。

私は胸がどきどきし、頬が赤くなった。

それから顔があげられなくなった」

お蕗が行ってしまった後も、興奮冷めやらぬ梅乃と紅葉が階段の脇でしゃべっていたものだから、仲居頭の桔梗がやってきた。

「ちょっと、あんたたち、こんなところで何をしている。三の間の来ると言っていた旦那の方はどうした？　まだ着かないのかい？　二階の十の間はお膳に手がついてなかったそうじゃないか。ちゃんとお世話しておくれ」

梅乃と紅葉は顔を見合わせ、あわてて部屋の様子を見に行った。

2

十の間はお多加一人だった。風呂にしては長いが、心配ないというのでそのまま部屋を出た。梅乃が十の間を出ると、踊り場に人影があった。梅乃が近づくと、花嫁のお琴と女中のお留だった。二人は格子窓から外を眺めていた。

「ここから不忍池が見えるのね。とてもきれいだわ」

お琴は白い夜着の上に濃紺の綿入れをはおっていた。黒々とした豊かな髪、富士額に鈴をはったような大きな瞳、形のよい鼻、赤いやわらかそうな唇、陶器のようになめらかな白い肌。お琴は女の梅乃でも見とれるほど美しい。

「お寒くありませんか?」

「いいえ。綿入れを着ているからとても温かいの。しばらく、ここでこうしていてもいいでしょう?」

「はい。もちろん。お茶でもお持ちしましょうか」

「ありがとう。でも、必要ないわ」

お琴はそう言うと、雪景色を眺めた。

「私、花嫁ってもっと幸せなものだと思っていたわ」

「お琴様」

女中のお留が小さな声でたしなめた。地味な木綿の着物を着たお留は髪に白い物が混じり、五十に手が届くという年齢だ。背が低く、やせて、骨ばった体つきをしていた。お琴が幼い頃から世話をしていた人らしい。

「いいじゃない。本当のことだもの。隠そうとすればするほど、噂って広まるのよ。品川でも、面白おかしく伝わっている。みんなが家に来ておめでとうございますって言うけれど、その顔に、ああ、かわいそうにとか、おや、大変だとか書いてあるの」

お琴は小さく笑った。梅乃は何と答えていいのか分からずに黙っていた。

「幸太郎さんの昔の女が山崎屋さんの店の前で騒いだことは、すぐに私たちの耳にも入ったわ。それを女中の一人が出入りの商人にしゃべって、たちまち町中に広まってしまった。おとっつぁんは話が違うとすごく怒り、仲人さんがやって来て、女とはきれいに切れているし、今後一切、そういうことはさせないからと謝った」

お琴はそこで言葉を切った。ふっと小さく笑った。

「でも、私、知っているのよ」

田丸屋が人を使って調べさせたところ、幸太郎とお千香は今だに会うことを止めない。縁は切れず、二人は続いているのだ。

そんなケチのついた祝言など止めてしまえと言うのは簡単だが、そうはいかないところが難しい。山崎屋は今の主人、つまり幸太郎の父親が次々と新しいかんざしを売り出して大人気の店だ。一方、田丸屋は近頃、少々商いが不具合である。景気のいい山崎屋との縁を逃したくない。

そんな内輪の事情など、聞きたくない。梅乃が知らなくてもよいことだ。

立ち上がろうとしたが、お琴は梅乃に立ち上がる隙を与えない。

回顧話は途切れず、いつまでも続いている。

お琴の白い顔はますます白く、大きな瞳は熱をもったように輝いている。

お琴はしゃべりたいのだ。

胸のうちに溜めてしまった思いを全部吐き出してしまいたい。明日になればこの宿を発ち、もう梅乃と会うこともない。梅乃は格好の聞き手なのかもしれない。

「おとっつぁんは、山崎屋の若旦那はやさしい男だから女が離さないだけだ。収まる所に収まれば、女も諦めて大人しくなる。弱気になるのは、向こうの思う壺だと言ったわ。でも、それから気になることがいくつも出て来た」

品川神社で引いたおみくじが二度続けて大凶だった。

差出人の分からない文が来た。開けてみると、文字もなにもない、ただの白い紙だった。これは白紙に戻せという意味ではないか。

母親は心配して、あちらの占い、こちらの八卦とたずねるようになる。そういう母親の姿にいらだち、父親は声を荒らげるようになった。

「それに、この雪。旅は難儀で、おまけに草履の鼻緒まで切れたわ」

「おみくじの大凶というのは、これ以上悪くならない、これから先は、いいことばかりという吉相なんですよ」

お留が取りなすように言った。

「そうですよ。鼻緒が切れるなんて、よくあることじゃないですか」

梅乃も続けた。

「それなら白紙の文は、どう説明するの？　誰かが私にわざわざ送って来たのよ」

お琴の強い調子に梅乃は口ごもった。

「ごめんなさいね。あなたにあたっても、仕方がないのにね」

「いえ、おっしゃってください。胸の内の思いを吐き出したら、きっとすっきりします。そうして、明日は気持ちよく出立してください」

「あなたは、本当にいい子ね」

お琴が花のような笑顔を見せた。

「私はお部屋係です。泊まっていただいた方のことを一番に考えるのが仕事です。お客さんはおきれいだし、頭のいい方です。きっと幸せな花嫁になられます」

しばらく外の雪をながめていたが、やがて口を開いた。

「私ね、お舅様やお姑様や旦那様に一生懸命仕えるの。そうして、早く立派な男の子を産んで、かわいい女の子も産むの。そうして誰にも負けない、一番幸せなお嫁さんになるの」

「その通りでございますよ。幸太郎様も、祝言前でお気持ちが揺らいでいらっしゃるかもしれませんが、お琴様と会えば、お気持ちが固まります。私も誠心誠意、お助けしてまいります」

お留が言った。

「私、負けないわ」

お琴はもう一度言った。

「負けないわ。絶対に。私、幸せな花嫁になる」

こぶしで固い木の桟を強くたたいた。

「芝居小屋で会ってしばらくして、幸太郎から包みが届いた。開けると、中にかんざしが入っていた。

紅絹《もみ》と銀のぴらぴらした飾りのついたかわいらしいもので、不躾を詫びながら、私に似合うものを選んだと文が添えてあった。

銀の板には私の名前が刻印してあった。

幸太郎が私のために作らせたかんざしだったのだ。

私は幸太郎にもう一度会いたいと思った」

玄関に樅助の代わりに笹太《ささた》が所在なさそうに座っていた。笹太は十二歳で、男衆として手伝いをしている。梅乃の顔を見ると、笹太は言った。

「さっきお客さんが一人出て行きましたよ」

「男の人？」

「女の人です」

「どこの部屋の方ですか？」

「えっとぉ、聞かなかったです」

「どうして、聞かなかったの？」

思わず強い口調になる。笹太は顔を真っ赤にした。

「若い人？　お年寄り？」

「大人の女の人です」

お多加かもしれない。梅乃はあわてて十の間に行った。

部屋はがらんとして誰もいなかった。荷物もなかった。

外に出ると、石畳の先に提灯《ちょうちん》の灯が見えた。近づいてみると、樅助だった。

「樅助さん」

「梅乃じゃないか。そんなところで何をしているんだ？」

「それは、こっちの台詞です。十の間のお客さんがいないんです」

梅乃が説明すると、樅助も首を傾げた。

「ちょっと、見回りしておくか」

宿の周りにはいくつもの足跡があった。あるものは炭小屋に向かい、あるものは板場へ、またあるものは風呂の焚きつけに行く。いずれも如月庵で働く者の足跡だ。

提灯の灯の先に、新しいくっきりとした足跡が見えた。女の足跡で、花嫁がいる南の離れに向かっている。

樅助は「心配するな。たいしたことない」と言った。

そのくせ「用心にこしたことはないからな」と提灯に布をかけた。

しばらく進むと、木立の向こうに黒っぽい人影が見えた。ほっそりとした女の姿だ。頼りなげに歩いている。

樅助は腰をかがめ、足音をしのばせてゆっくりと人影に近づいて行った。

「どなたさん、ですかい？」

ゆっくりと人影が振り向いた。

お貞だった。

「ここで何をしているんですか？」

梅乃は思わず詰問調になった。

「主人がいつまでたっても来ないから、探しに出たら帰る道が分からなくなったの」

お貞は不機嫌な低い声で答えた。

「申し訳ありません。それは、心配ですなぁ。寒いですから、お部屋に戻った方がようござんすよ。旦那さんのお姿は私が見て来やすから」

樅助がとりなすように言った。

梅乃はお貞を部屋に案内した。雪でぬれたお貞の髪と着物を布でふき、火鉢に炭を入れ、着替えの綿入れを持って行った。

「ねぇ、やっぱり、知り合いのところでお酒を飲んでいるのかしら。飲みすぎなければいいけれど」

そんなお貞の話につきあっているうちに、お多加のことが気になってきた。話を切り上げて二階の十の間に行った。まだ留守である。

もう一度、外に出る。

見知らぬ男の人影が見えた。

北の離れの方に向かっている。足音をしのばせて追いかけると、離れの前で止まった。中の様子をうかがっている。

怪しい。絶対に怪しい。

声をかけようか。

いや、縦助を呼んだほうがいいか。

迷っていると、がたりと音がして離れの戸が開いた。

「おい。そこで、何をしている」

黒い影が飛び出して、男を雪の中に転がした。

「お前、何者だ」

声の主は八百屋のご隠居である。手にした木刀で男ののどをしめている。さすがである。

「すみません。許してください。怪しい者ではありません」

咳き込みながら男が答えた。細面にすっと鼻筋が通って、涼し気な目をした役者のような色男。山崎屋の幸太郎だった。

雪だらけになった幸太郎は宿の浴衣に着替え、しばらくお松の部屋で火鉢にあたって温まってもらうことにした。

「これを見てください」と幸太郎が懐から取り出したのは、品川神社のおみくじだった。

大凶、待ち人来たらず、失せ物出ず、訴訟負ける、縁談悪ろし。

「今朝、私のところにこんなものが送られてきました。差し出したのは如月庵。誰の仕業か見当がつきます。お千香です。如月庵に来いということでしょう？　私がほかの女と祝言を挙げるのを恨んでいるんです」

「その方とはもうお話がついているんでござんしょう」

お松が静かな調子で言った。

「ええ、ですが……、なかなか納得してくれないのです」

幸太郎は大げさにため息をついてみせた。

「納得ねぇ」

お松はきろりと目の端で幸太郎を見た。

「いや、その……」

幸太郎は急に歯切れが悪くなった。

「私も困っているのです。でもねぇ、考えてみれば、気の毒な女なんですよ。ご存知でしょう。広洋堂といえば、ちょっとは知られた店です。私とお千香は幼馴染で祝言も間近だったんです。だけど、古くからいた番頭にだまされた。人づてに、お千香が裏長屋に住んで煮売り屋の手伝いをしていると聞いたときは、びっくりしました。それで、こっそり見に行ったんです。あかぎれで手を真っ赤にして、働いているんですよ。かわいそうで、私は泣いてしまいました」

幸太郎は本当に涙を浮かべた。

やさしい男なのだ。別の言葉でいえば、優柔不断。

お千香がかわいそうなら、大事にすればよい。結納まで交わした相手なのだ。裏長屋に住んでいるとはいえ、道はあるだろう。

その一方で、お琴との話を進める。

「まぁ、それはこっちにも、いろいろ事情がありましてね。それに、お琴という娘は品川小町とうたわれた器量よしなんですよ」

へへとやにさがった。

なんだ、こいつ。

こんな男と一緒になるお琴が気の毒になった。

「私は子供の頃から、かわいらしい、きれいと言われた。

人は私を見ると振り返り、見とれるものさえいた。

書を書かせても、算盤でも、裁縫でも、一番だった。

私はいつもみんなの注目を浴びていた。

それが当然と思っていた。

だから、幸太郎に私以外の女がいると知ったときは驚いた。

辱《はずかし》められたと思った。

自分の座るべき場所に、誰か別の女が座っている。

こんなことがあって、いい訳はない。

こんな理不尽を私は許さない」


あんまり幸太郎が手前勝手なので腹が立って、早々にお松の部屋を出た。ぷりぷりしながら廊下を歩いていたら、紅葉がやって来た。

「ちょっと、梅乃大変だよ。花嫁衣裳に泥がつけられたんだ。南の離れは大騒ぎだよ」

部屋に入ると、お琴の父が顔を真っ赤にして「一体、この宿はどうなっている」と怒鳴っていた。お琴は泣いており、母親はおろおろとしながらお琴の背中をなで、女中のお留は畳に頭をすりつけて謝っている。

次の間をそっとのぞくと、衣桁《いこう》にかけられた花嫁衣裳が並んでいた。

黒、紅、白の三枚襲《かさね》の打掛は、それぞれ御所車《ごしょぐるま》と花扇、貝合わせの雅な文様を染めや刺繍《ししゅう》、金箔で仕上げた華やかなものだ。その脇には掛け下着と呼ばれる、打掛の下に着る振袖があった。汚されていたのは、掛け下着の方である。上等な絹地のやわらかそうな白い布に、泥のようなものがべったりとなすりつけられている。

「お前はここにいたのだな。一体何を見ていたんだ」

父親は髪結いを怒鳴りつけた。

髪結いは震えあがった。

「申し訳ございません。こちらの不注意でございます」

桔梗が髪結いに代わって頭を下げた。

お松がやって来て、すぐさま花嫁衣裳を確認した。

「泥がつけられたのは、三枚襲の打掛ではなく、掛け下着の方でございますね。打掛でなかったのは不幸中の幸い。明日、一番で、掛け下着の手配をさせていただきます。それから、この後は他の者が入れないよう、お部屋の前に人を置くようにいたします。ご安心くださいませ。二度とこのようなことがないようにいたします」

きっぱりとした物言いに、母親がほっとしたような表情を浮かべた。

「そうしてくれ。なんとしても祝言は無事にすませたい」

父親も怒りを収めた。

お琴と両親が部屋に戻り、女中のお留は掛け下着を衣桁からはずし、すばやく小さくまとめて脇に抱えた。

打掛でなくてよかった。

梅乃は心から安堵した。

友禅染に色糸で刺繍を重ね、さらに箔をのせた打掛は、さすが呉服の田丸屋と思わされる豪華なものだ。この打掛を汚されたら、祝言を行うことさえ危うくなる。

梅乃の脇をすり抜けたお留は悲しそうな目をしていた。


「忘れたいと思っているのに、気がつくとあの女のことを考えている。

幸太郎はどんな目であの女を見るのだろう。

二人でどんな話をするのだろう。

それは、二人にしか分からない話なのだろうか。

幸太郎は女にもかんざしを贈ったのだろうか。

庭に菊が咲いていた。霜が降りて他の草が枯れても、その菊は紫の小さな花をいくつも咲かせていた。

ある時、うっかり、その菊を踏んでしまった。

花びらが地面に散らばり、泥に汚れた。

きれいなものが汚れた。

そのことが、なぜか心地よかった。

もう一度、踏んだ。

愉快だった。同時に切なかった。

もう一度。

ふつふつと腹の底から怒りがわき起こって来た。

私は花をつかみ、ちぎり、踏みつけた。踏んでも、踏んでも、気持ちがおさまらない。もっともっとと頭の中で誰かが叫んでいる。

ぐらぐらと煮える鍋の底から無数の泡がわき立つように、何かが腹の底からわき上がり、その何かはうねりとなって私を責め立てる。

嫌だ、嫌だ、嫌だ。

悔しい、悔しい、悔しい。

許せない、許せない、許せない。

私は泣きさけび、夢中になって花を踏みつぶしていた」


廊下に幸太郎の姿があった。

「お帰りですか」と声をかけようとして、梅乃は立ち止まった。

足音をたててこちらに向かってくる。

「お千香」

幸太郎が叫んだ。

あわてて視線の先をたどる。

お多加がいた。きゅっと目尻のあがった細い目で幸太郎をにらんでいる。

「おい。待て、話がある」

お多加、いやお千香は梅乃の脇をすり抜けてはだしで外に飛び出した。

3

「このままでは自分がだめになってしまうと思った。だから、私はけりをつけることにした。あの女が二度と、幸太郎に近づかないように。幸太郎があの女に愛想を尽かすように。私は粛々と計画を進めた」

お千香は如月庵の脇の林を抜け、細い坂道を駆け下りていく。梅乃はお千香を追いかけた。お千香は雪に足をとられて転び、立ち上がり走る。梅乃も転び、立ち上がり、追いかける。

「待ってください。その先に池があります。行き止まりです」

梅乃は叫んだ。お千香は止まらない。

「話を聞いてください」

もう一度、大きな声を出す。お千香は振り向きもしない。

「花嫁衣裳を汚したのは、お千香さんじゃないですよね。ここに来たのも、だれかに呼ばれたからでしょう」

お千香の足がゆるくなった。

「大凶のおみくじが送られてきたからじゃ、ないんですか？」

足が止まった。梅乃はお千香に追いついた。

「幸太郎さんが品川神社のおみくじが送られてきたといったので、変だと思ったんです。お千香さんなら、別のものを使うはずです。それに私、大凶のおみくじを二枚持っている人を知っているんです」

お千香は懐からおみくじを取り出した。大凶。商い、縁談、訴訟、家移り、すべて悪ろし。

「送ったのは、お琴さんですよね」

「そうかもね」

お千香は驚いた顔をしなかった。

「だけど、どうしてあたしの家が分かったのかしら？」

「そんなもの、調べればすぐですよ」

騒ぎの後、田丸屋は調べを入れたのだ。どこに住んでいるか、まだ幸太郎と続いているのか、必要なことはみんな。

そして、話を進めた。

お千香とはいずれ切れる。心配しないで良い。田丸屋の主人は冷静にそう判断したにちがいない。

「どうして、そんなに幸太郎さんが好きなんですか？」

梅乃の口調がついとがめるようになった。

そりゃあ、見た目がよくて、やさしいけれど、それだけの男じゃないですか。

心の中でつぶやいた。

お千香はぷいと横を向いた。けれど、すぐ淋しそうな顔になった。

「幸太郎はね、幼なじみなのよ。あたしは子供の頃から、あの人のお嫁さんになるって決めてたの。あの人、あたしに約束したのよ」

番頭に店を乗っ取られたとき、家に来て力づけてくれた。父親がいよいよ悪くなったときには薬をもってきた。祝言の話が延期になり、やがて立ち消えになっても、かならず親父やおふくろを説得するから待っていてくれと言った。

「祝言をあげることにした。だけど、それは店のためだ。相手はまるで子供で興味もわかない。自分の気持ちは変わらない。いつでも会える。いつか、必ず、きちんと形を整えるから少しの間だけ待ってくれ。あたしは、その言葉を信じたの」

どうして信じられるのだ？

よくある男の嘘だ。そんなこと、世間知らずの梅乃だって分かる。

恋をすると、人は冷静にものを考えられなくなるのか？

「ねぇ、池はどっちにあるの？」

お千香がたずねた。

「すぐそこです。古いお屋敷がなくなって、そのままになっているんです」

お千香は池の傍に寄り、雪が積もって白く凍った水面をながめた。

「いっそ、このまま池に身投げしようかな。あんた、あたしのお部屋係なんでしょう。一緒に飛び込んでよ」

「悪い冗談です。それにそんなに深くないんです。水は膝くらいまでだから、身投げはできません」


「おい、そっちにいるのか、大丈夫か」

坂の上から呼ぶ声がした。

「寒いだろう。今、そっちに行くからな」

提灯を手にした、幸太郎のひょろりとした姿が現れた。宿の浴衣の上にどてらを羽織っている。足もとを確かめるようにしながらゆっくりと降りてくる。

「もう、私を困らせないでくれよ」

幸太郎はお千香の傍にくると、自分の首に巻いていた布をお千香の肩にかけた。

その声はやさしい。

きれいな顔でやわらかい声で、そして自分勝手だ。

梅乃は幸太郎の毒気にあてられぬよう、少し離れた。

部屋係の役目はおしまい。この先は二人で決めてもらおう。

梅乃だって寒いのだ。首がすうすうする。

別にお千香がうらやましいわけではないが。

お千香が幸太郎の胸にすがって泣き、幸太郎はお千香の背中をやさしくなでる。

「そんなこと、言うもんじゃないよ」

「そうはいかないでしょう」

「大丈夫、心配ないよ。今まで通りだよ」

二人をおいて宿に戻ろうと思ったが、気になることがあった。

お千香の体が池に近寄っているのだ。幸太郎がすり寄る。お千香は少し体をずらす。幸太郎がすり寄る。お千香が逃げる。

ズズッ、ズズッ。

えっ、なに、もう、池の縁じゃない。

いきなりお千香が幸太郎を突き飛ばした。

不意を突かれた幸太郎の体が反り返る。両手をぐるぐると振り回して体勢を整えようとしたが、右足がずるりとすべって水にはまった。そのまま、背中から池に倒れ込んだ。

なに、やってるのよ。

「お客さん」

梅乃は池に足を踏み入れ、幸太郎の腕をつかんだ。幸太郎にしがみつかれ、梅乃も倒れた。

まずい。

そう思ったときに、口に水が入ってきた。

なんで?

自分がどういう状況にいるのか、分からない。

咳きこんだ。また、水を飲む。

私、死んじゃうの?

梅乃は火に追われて逃げている。右も左も前も後ろも人でいっぱいだ。あちこちから叫び声が聞こえる。

「梅乃、大丈夫か？　離れるんじゃないよ」

目の前にはお清の背中があり、その隣には春太を背負った常がいる。

いつの間にか、お清の背中が姉のお園に変わっていた。

「おねぇちゃん、そこにいたんだ」

梅乃が声をかけると、お園が振り向いた。

「なに言っているのよ。あんたのために帰って来たんでしょう」

「ごめんね」

「いいのよ。あたしはあんたのおとっつぁんでおっかさんなんだから」

やっぱり、私のおねぇちゃんだ。

うれしくなってお園の袂をつかもうとしたら、するりと指の間を抜けた。

「おねぇちゃん待って」

お園は梅乃をおいて、前に進んでいく。

「行かないで。待って、お願い」

自分の声で目が覚めた。

梅乃は如月庵の仲居の部屋にいた。紅葉が湯に浸した布で体をふいていた。

「気がついた？」

「今、朝？」

「まさか。もう昼過ぎ。あんた、幸太郎さんを助けようとして池に入ったんだよ。溺れている人にむやみに近付いちゃいけないって知らなかったの？　膝までの水でも溺れる時は溺れるんだ。杉治さんたちが助けてくれなかったら、危なかった」

「幸太郎さんは？」

「山崎屋からお迎えが来て帰ったよ。今日が祝言だもの。急いで帰って支度しなくちゃ」

「お千香さんは」

「五兵衛って男の方が迎えに来て帰った。お貞って人の旦那も朝になってやって来た。知り合いの家でお酒飲んで寝ちゃったんだってさ。一心館の人たちも、朝ぶろ入って上機嫌で出て行った。ああん、もう、人のことはいいから、ゆっくり休みな」

紅葉の顔を見たら、たずねたいことを思い出した。

「ねぇ、人を好きになるって、すごいことだね。とんでもないことが起こる」

「まあね」

「馬鹿なことを平気でする」

「周りのことがぼんやりして、その人のことだけしか見えなくなるからね」

「間抜けだね」

あははと、声をあげて紅葉は笑った。

「でも、楽しいよ。幸せってこういうもんかと思う」

「そっか」

だから、人を好きになるのか。

「違うよ。好きになろうと思ってなるんじゃない。ある日、気がつくんだよ。好きなんだって。で、そうなったら、もうその時は手遅れ。暴れている馬に乗っちゃったようなもんでさ、自分じゃ降りられない。その人に冷たくされたりすると悲しいね。地獄に落ちたような気がする」

梅乃はお千香やお琴の顔を思いだした。

自分勝手な幸太郎は平気で人に冷たい仕打ちをするだろう。

「でもさ、人は変わるから。最初はちょっとわがままだったりしても、暮らしているうちにいい亭主になるもんだって。そう言われたことがある。あたしも、いい運をもらって、いい人に巡り合いたいね」

だから、紅葉は天神様にお願いしているのか。

「あたぼうさ。これから、あんたの分もお願いしておいてやるよ」

紅葉が笑った。


「朝、お留が掛け下着を持って来た。

手妻《てづま》を使ったかのように、泥で汚れた襦袢《じゅばん》はしみ一つない元の姿に戻っていた。

でも、もうこの掛け下着を着ることはない。宿で新しいものを用意してくれた。

『だからといって、汚れた掛け下着をそのままにしておくわけにはまいりません。花嫁は真っ白な、きれいな心で嫁ぐものです』

お留はきっぱりと言った。そして、続けた。

『ですから、許してあげてくださいませ』

私は驚いて、お留の顔を見た。

お留は泣いていた。私はお留が泣いたのを見たことがない。どんな時も気丈にして、人に弱みを見せない人だ。そのお留が顔を真っ赤にして、肩を震わせ、大粒の涙をこぼしている。

『私はお琴様がお小さい時からお傍にいて、お仕えしてまいりました。お琴様のことは誰よりもよく知っています。その私が申します。お琴様は美しくてやさしく、賢く、けなげで一生懸命な三国一の花嫁です。そんなお琴様が幸せにならないはずはありません。お舅様やお姑様、幸太郎様にかわいがられて、丈夫なお子も授かることと思います。留も一生かけてお琴様をお守りいたします。ですから……、ですから、もう許してあげてくださいませ。幸太郎様も、あの女の方も』

お留は気づいていたのだ。

私がおみくじを幸太郎とお千香に送ったこと、掛け下着を汚したこと、草履の鼻緒を切ったこと、そうして、不幸でかわいそうな花嫁を演じていたことを。

『人を憎むのは、天に唾を吐くようなものです。かならずお琴様に戻って、災いとなって降りかかって来ます。留はそのことが心配です。ですから、お願いでございます。真っ白な、清らかな花嫁となって嫁いでくださいませ』

のどから絞るような声で言った。

『分かりました。もう、忘れます』

私は言った。その途端、涙があふれた。

お留が私を抱いて背中をなでてくれた。子供の頃からそうしてもらっていたように。

『ごめんなさい。心配かけてごめんなさい』

真っ黒な私の心に光が射したような気がした。

私に人を許す資格はない。間違っていたのは私なのだから、許してもらうのは私の方だ」


梅乃がもう一度、目を覚ますと、お松が傍にいた。

「そのままでいいよ。疲れただろう」

お松はやさしい目で梅乃を見た。

「ご心配かけて、すみません」

「梅乃が無事でよかったよ。お蕗にもいつも言っているんだ。婚礼はいろんなことが起こるんだよ」

お蕗の言葉は、お松の受け売りだったのだ。

お松が立ち上がり、窓を少し開けた。

「祝言は夕刻からだ。花嫁行列が出ていくよ。見ておやり」

梅乃が起きあがって外を眺めると、黒、紅、白の三枚襲の打掛を着たお琴の姿が見えた。父親と母親に見送られ、駕籠に乗り込んだ。雪はすっかり止んで、石畳は掃き清められている。空は青く、風はすがすがしい。春はもうすぐそこだ。

今日の花嫁さんが、末永く幸せでありますように。

梅乃は祈った。


ひと月ほどして、山崎屋の幸太郎から謝りの手紙と品が届いた。祝言をあげると、幸太郎の気持ちも整理ができたのか、すっかりまじめになって商売に身を入れているらしい。

それからしばらくして、今度はお千香が五兵衛とともに如月庵を訪れた。申し訳なかったと詫びるお千香は穏やかな表情をしていた。五兵衛はお千香の一件を知らずに来たが、あとからお千香にすべてを打ちあけられた。その上で、所帯を持つことを決めたそうだ。五兵衛は深川で袋物を商っており、大きな店ではないが、よい品物を扱っていると評判がよいという。

「あの男なら間違いない。今度こそ、しっかりと幸せをつかんだに違いない」と、桔梗が太鼓判を押した。梅乃はそれを聞いて、自分のことのようにうれしくなった。

紅葉が拾った猫は如月庵で飼うことになった。しま吉とたまと名付けられ、みんなにかわいがられている。

第三夜

和算楽しいか、苦しいか

1

若葉の季節になった。朝、木の枝に緑の小さな芽が見えていたかと思うと、昼過ぎには丸い塊になって、翌日にはもう葉を開いている。茶色い土だったところが、いつの間にか若草に覆われ、小さな花をつけている。虫たちも動き出し、朝から鳥たちが騒がしい。天にも地にも命が溢れているようだ。

城山《しろやま》晴吾は旗本の嫡男《ちゃくなん》だ。一心館道場では使い走りをさせられているが、明解《めいかい》塾《じゅく》という和算の塾では師範代を務めている。背ばかりひょろひょろと高く、力はなさそうだが、頭は切れる。色白で鼻筋が通り、品のいい面立ちの若侍である。

その晴吾に、梅乃と紅葉は月に一度、和算を習っている。日々の暮らしの帳面をつけるだけなら足し算に引き算で十分。掛け算と割り算ができれば御の字と思っていたが、いつの間にか鶴亀算に植木算、三角形の高さを求めろと言われて難儀している。

お松によれば、部屋係に大切なのはお客をよく見て、自分が何をすべきか、何ができるのか考えることだという。

考える力を養うには和算が一番で、和算を学ぶと物事を筋道立てて考えることができるようになるそうだ。女だてらに宿を一軒回していけるのは、若い頃に和算を学んだからだ。だから、梅乃や紅葉も将来、何かで身を立てていけるよう、和算を習った方がよい。

晴吾のことが大好きな紅葉は和算の講義の日を指折り数えて待っているが、肝心の学問の方はさっぱりである。鶴と亀の話になるとたちまち口がへの字に曲がる。四角や三角の中に円を描き始めると、まぶたが重くなる。もともと眠そうな目がくっついて、こっくりこっくり始めてしまう。そのたび、梅乃は肘で押して目を覚まさせる。

「覚えていますか？　三角形の内角の和は百八十度です」

もう、何度も繰り返した言葉を晴吾は言った。

「ですから、ここに線をこう引くと、ほら、分かりますか？」

関係がないと思っていた二つの図形に関係性が生まれて、答えが導き出せる。ね、面白いでしょうというように、晴吾は笑みを浮かべる。

残念。

梅乃と紅葉には、どこが面白いのか、もうひとつよく分からない。

「ちょっと休憩しましょうか」

晴吾が言った。とたんに、紅葉がほっと息を吐く。

「あと五日で、端午《たんご》の節句になりますね。どうして、この日が男の子の成長を祝う日になったのか、ご存知ですか？」

「ちょうど、季節がいいからではないですか。なんか、元気そうな時季ですよね」

紅葉が張り切って答える。

「そうですけれど……」

晴吾は四方山《よもやま》話がしたい訳ではない。いわれを知りたいのだ。

ふだん人の気持ちに敏い紅葉が、どうして晴吾のことになるとこんなに鈍くなるのだろう。

仕方ないので、梅乃が解説する。

「端午の節句の『端』という文字には『はじめ』の意味があって、古い時代には五月最初の午《うま》の日に祝っていました。『午《ご》』の音が『五』に通じることなどから五月五日となったのです。瑞々しい若葉の季節にあたりますから、すべての始まりに通じます。古来人々は元気のいい男の子の成長を祝うのに、ぴったりだと考えたのだと思います」

なるほどと、晴吾はうなずく。

「梅乃は家が和菓子屋だったから、そういうことに詳しいんです」

紅葉が負け惜しみを言う。

「そうだったんですね。では、家ではお饅頭なんかも作ったんですか？」

「おとっつぁんがいた頃は、おねぇちゃんと私も手伝ってあんこを丸めたりしました。今でも、小豆《あずき》を炊く香りで家のことを思い出します」

「私のところでも、小豆を炊いて柏餅やおはぎを作りますよ。小豆の香りは温かくていいですね」

晴吾がにこにこと笑う。

気持ちのいい清潔な笑顔だ。まるで五月の風のよう。由緒正しい家に生まれ、周りからも大切にされてまっすぐ育った、若木のような青年にふさわしい。

紅葉が夢中になるのが、分からないわけではない。

だが、晴吾は旗本家の御曹司である。梅乃たちとは住む世界が違う。たとえていえば、鶴と亀。鶴は空を飛べるが、梅乃たち亀族は一生地面の上、水の中だ。

「父は甘い物が好きで、自分でも菓子を作ります。カステラは職人を呼んで教えてもらったんですよ」

梅乃の思いとは裏腹に、晴吾が屈託のない様子で言った。

庭に専用のかまどを作り、そこで菓子作りに励む。もっとも、下ごしらえや洗い物は呼ばれた職人がやり、晴吾の父は一番いいところだけを楽しむ。絵に描いたような殿様の遊びである。

「柏餅がおいしかったなどと褒められて、すっかりいい気分になっています。今年もたくさん作って、お友達やご家来衆のところにお届けするそうです」

いいですねぇ、おいしそうと、梅乃と紅葉は口々に言う。

さあ、続きをと言われて、梅乃たちは和算の問題に戻った。


その日、如月庵に勘定奉行の真鍋《まなべ》宇一郎《ういちろう》と親戚の者が来ることになっていた。

真鍋宇一郎は晴吾の親戚で、老中首座の右腕といわれる切れ者だ。快刀乱麻《かいとうらんま》。込み入った問題を解決し、方向を示す。外国の情報にも詳しく、近年は幕府の財政の立て直しに力を注いでいる。

その宇一郎は如月庵にたびたび足を運ぶ。離れで一人静かに読書をしていることもあるし、友人と歓談をすることもある。

如月庵にはこうした〝特別〟なお客が何人かいる。

知る人ぞ知る小さな宿をなぜ贔屓《ひいき》にしてくれるのか、梅乃は不思議に思っている。

さて、その宇一郎である。もともとは七十俵五人扶持の奥山《おくやま》家の生まれで、幼少の頃より頭脳明晰。十歳の時、五百石旗本である真鍋家の養子となった。たちまち頭角を現し、異例の出世をとげて三千石の勘定奉行となった。

宇一郎には子がない。弟である奥山宗二郎《そうじろう》は二年前に亡くなり、十歳になる息子の源太郎《げんたろう》は母親の志津《しづ》とともに葛飾《かつしか》でひっそりと暮らしている。

そこで、宇一郎は源太郎を養子に迎えることにした。

この日、葛飾から源太郎と母の志津はやって来て、如月庵に宿泊し、明日、宇一郎の屋敷に出向く。真鍋家の人となる前に、母子で一晩ゆっくり語り合った方がよかろうという宇一郎の心配りであった。

「お世話になります」

志津は梅乃に対しても、ていねいに礼を言った。

志津も源太郎も質素な身なりだった。畑仕事をしている志津は顔も手もよく陽に焼けて、細い腕は筋張っている。けれど、涼しい目元とふっくらとした唇に品があり、作法通り、背筋を伸ばして座った姿には凛とした美しさがあった。

「坊ちゃんは、おいくつになりますか？」

梅乃は部屋の隅で本を眺めている源太郎を見て、たずねた。

「十歳になります」

源太郎が顔をあげて、梅乃を見た。十歳にしては体が小さく、全体に華奢な感じがする。暗い色の細かな縞の木綿の着物から出ている手足はやせて、細い首が形のよい丸い頭を支えていた。梅乃を見つめる黒い瞳がきらきらと光って利発そうである。

「葛飾からの道中はいかがでしたか？　お疲れではありませんか？」

「いいえ。久しぶりの江戸ですから、楽しみにしてまいりました。訪ねたいところがあるのです」

源太郎ははきはきと答えた。

部屋係を任されるようになって数か月。梅乃の応対も板についてきた。

志津は床の間に目をやった。掛け軸には滝を登る鯉の姿が描かれている。鯉が滝を登り、龍となって天に昇るという中国の伝説にちなみ、立身出世を願う意味がある。花入れには、つんと尖った紫のつぼみが天を指す花菖蒲《しょうぶ》。「菖蒲」の音が「勝負」に通じると、武家で好まれる花だ。

「源太郎にふさわしい床飾りでございます。お心遣いありがとうございます」

志津が言った。

奥山家は代々、七十俵五人扶持の徒士衆である。

徒士衆というのは将軍が外出するとき、徒歩でお守りする身分の低い侍だ。羽織、股引き、草履がけで行列の先方を走り、白扇を開いて「下に、下に」と声をかける。将軍が鷹狩に行くときは、野原を走り回って雉などを追い出す役もする。

源太郎の父、宗二郎は徒士衆としての一生を送った。

一方、伯父である宇一郎は三千石の勘定奉行に出世した。

父を亡くし、葛飾で母とともにひっそりと暮らしていた源太郎が伯父の養子となる。今、大きな未来が開かれようとしている。

「もうしばらくしたら、真鍋様がいらっしゃるそうです。お二人が、真鍋様のところにうかがうのは、明日の昼過ぎ。今日は母子でゆっくりお過ごしくださいというのが、真鍋様からの言伝でございます。ご自身の時は、母上とゆっくり話す時間もなかったことが、心残りだったとおっしゃっていました」

梅乃が伝えた。

「重ね重ねのお心遣い、痛み入りますとお伝えください」

志津が答えた。涙ぐんでいるようだ。母子がいっしょにいられるのは、今夜が最後。思うこともあるのだろう。

「この近くに、算額はありますか？　私は算額の問題を解くのを楽しみに江戸に来ました」

手にした本を眺めていた源太郎が顔を上げ、梅乃にたずねた。

「算額、ですか？　和算の問題を書いた額のことですよね」

額や絵馬に図形など和算の問題やその解き方を書いて神社などに奉納したものを算額という。自ら考案した難問を奉納する者がいれば、解いた答えを奉納する者もいる。算額を掲げた神社は和算好きが集い、交流する場になっている。

そうか。この子は和算が好きなのか。

きっと頭もいいのだろう。

梅乃は得心した。

「たしか、この先の神社に算額が奉納されていたと思います。前の坂を上ると本郷《ほんごう》で、明解塾という算術の有名な塾がありますし、このあたりは和算好きが多いのです」

梅乃が言うと、源太郎は目を輝かせた。

「その神社は、どこにあるのですか？　母上、私も見に行っていいですか？」

「伯父上がもうじきいらっしゃいます。伯父上とのお話がすんでから、母と一緒に参りましょう。それまでお待ちなさい」

源太郎は素直にうなずき、梅乃の傍に来ると手元の本を見せた。

「この本は父上からいただいたものです。父上は私に掛け算や割り算、図形の解き方などを教えてくださいました。私はこの本を見ていると、父上といっしょにいるような気がします」

父上という言葉を言ったとき、源太郎の顔は誇らしげに輝いた。

「大切なご本なのですね」

梅乃は本を手に取った。表紙には『和算明解　岩尾《いわお》冬明《とうめい》』と書いてある。かなり古い本で、角は丸くなり、表紙の破れた部分は紙をはってつくろってある。裏表紙には奥山宗二郎、奥山源太郎と並んで名前が書いてあった。

「父上も子供の頃、この本で和算を学びました。父上はどんな難しい問題もすらすら解いてしまうのですよ」

源太郎は大切そうに本をなでた。

奥山宗二郎という署名は宗の字がやけに大きく、二もとびあがっている。墨の色も濃淡がある。この署名は宗二郎が子供時代に書いたものらしい。

「面白い問題がたくさんあるのですよ。以前解いた問題でも、もっと簡単な解き方があるのではないかと考えていると、時間があっという間に経ってしまいます」

申し訳ないが、その気持ちは分からない。

梅乃が返事に困っていると、志津が笑って「女の方は、和算より物語がお好きですよ」と助け船を出した。


半時ほどして、駕籠に乗って宇一郎がやって来た。小柄で骨ばった体つき、えらの張った四角い顔に鋭い目をしている。仕事の合間を抜けて来たのか、白足袋に羽織袴姿で、案内する梅乃にぶつかりそうなほどの急ぎ足で廊下を歩いた。

「お初におめにかかります。源太郎でございます」

両手をついて、源太郎は挨拶をした。

「よく来たな。私が真鍋宇一郎だ。明日から、私の家で暮らすようになる。いろいろ窮屈なこともあるだろうが、なじんでもらいたい」

宇一郎は早口で言った。

「真鍋の家の子となるのだから、明日から私のことを父上、展江《のぶえ》のことは母上と呼ぶように。そのほか、いろいろ決まり事があるがそれは、展江から伝える。よくいう事を聞くように」

眉間にしわが寄って口はへの字に曲がっている。本人はそんなつもりはないのだろうが、怒られているような気がする。

源太郎は体を固くして、宇一郎の言葉を聞いていた。

梅乃が柏餅を置くと、源太郎の表情が少しやわらかくなった。

「そうか。もう、そんな季節か。源太郎、柏餅の由来を知っているか?」

宇一郎がたずねた。

「柏の葉は新芽が出るのを見届けてから古い葉が落ちるそうです。そのことから、家が絶えず、繁栄していくことを願うものだそうです」

源太郎は澄んだ声で答えた。

「そうだ。家というのは親から子へと連綿と伝えられていく。一人一人が家名を辱めず、さらに大きくしていく役目を負う。源太郎、お前は真鍋の家の者であると同時に、奥山の血を引く者でもある。宗二郎は亡くなったが、奥山の家はお前を通して次代につながっていくんだぞ」

「はい」

源太郎が答えると、宇一郎は満足そうにうなずいた。

「聞き及んでいる通り、利発な子供だな。素読はしているのか？」

素読とは論語などの漢文を声に出して読むことで、学問の大切な基礎である。

「はい。おじいさまに手ほどきを受けております。それから、私は和算がとても得意です。以前は父上に習いました」

源太郎は大きな声で答えた。宇一郎はきろりと光る瞳で源太郎の細い手足を見た。

「和算は確かに面白い。だが、夢中になりすぎてはいかん。もう少し体に肉をつけなくてはな。まず、体を鍛えることが先決だな。私のところに来たら、毎朝、下男といっしょに庭の掃除と廊下の雑巾がけをしなさい。それから剣術の稽古。和算はその後だ」

「でも……」

「口答えは許さん」

ぴしゃりと言った。

思いがけない言葉に源太郎の目がまん丸になり、その次に頬が真っ赤になった。懐に入れた和算明解をしっかりと摑んだ。

「なんだ、不服か？」

「そんなことはございません。源太郎、伯父上様に謝りなさい」

志津があわてて口を添えた。

源太郎は強い目をして宇一郎を見返した。

その目に反抗の色がある。

弱々しく見えるが、意外に頑固なところのある子供らしい。

険悪な雰囲気になって、梅乃は困った。

こういうとき、部屋係は気の利いたことを言って場を和ませるのだ。

だが、まだ、そこまで修業ができていない。

きょときょと目を動かして、源太郎、志津、宇一郎の顔を眺めていた。

宇一郎はいっそう声を鋭くした。

「懐に何を入れている。出しなさい」

源太郎は和算明解を取り出した。宇一郎は、

「なんだ、これは。まだ、こんな本を持っていたのか。今日はまだいいから、明日、私の屋敷に来たら、この本を預けなさい。私がいいと言うまで、和算のことは忘れなさい」

「でも、この本は……」

その後の言葉が出なかった。源太郎は体を震わせ、うつむいた。

「そんな風にひとつのことに、こだわりすぎるのがいけない。奥山の男はみんな頑固だ。宗二郎も頑固だった。私もそうだ。それでしなくてもいい、苦労をした。宗二郎のうだつがあがらなかったのも、その頑固のせいだ。いいか。お前に言っておく、その頑固を直すのが先決だ」

まずい。

梅乃はあわててお茶を用意する。

一杯のお茶で宇一郎は落ち着きを取り戻した。

それからしばらく宇一郎は旗本の家の者としての心構えを話した。将軍に拝謁することを許された身分であるから、おのずからそれにふさわしい言葉遣い、立ち居振る舞いが求められる。幕府に一命を捧げる覚悟を定め、体を鍛え、心を磨くことが肝要だと説いた。

志津は静かな様子で聞いていた。源太郎は体を固くして、じっと下をむいていた。

「私も源太郎と同じ年に真鍋の家に養子に入った。当時はまだ五百石の石高だったが、それでも七十俵五人扶持から見れば、はるか雲の上の存在だ。たいそうな出世だと羨まれる一方で、妬まれ、陰口をきかれたこともある。わずかな失敗に所詮は徒士衆の出だ、お里が知れると侮られ、悔しい思いをした。いいか、源太郎。これだけは言っておく。人の二倍、三倍の努力をして当たり前。つねに一番となることを目指しなさい。それがお前に課せられたものだ」

鯉は滝を登って龍となる。

一度龍となると決めたなら、最後までやり抜く覚悟が必要だ。途中で投げ出せば、たちまち滝つぼに落ちる。石にあたって命を落とす。

「その覚悟ができないなら、里に帰った方がよい。徒士衆には徒士衆の苦労があるが、旗本にも苦労はある。本当にやり遂げる気持ちがあるのか、今晩一晩、ゆっくりと考えなさい」

志津がはっとした様子で顔をあげた。やはり宇一郎は厳しい人である。最後の最後に来て、源太郎の覚悟を問うている。

宇一郎は、またあわただしく帰って行った。

部屋には源太郎と志津が残された。

「先ほどは申し訳ありませんでした」

源太郎は素直に母に謝った。

「もう、あのような態度を取ってはなりませんよ。宇一郎様はお前のためを思っておっしゃっているのです。言うことをよく聞いて、けっして逆らわないように。私も困りますから」

「はい。分かりました。母上にご迷惑はかけられません」

源太郎が決心したように言った。志津が目をうるませたので、梅乃はあわてて言った。

「真鍋様から駕籠を用意してくれと仰せつかっております。久しぶりの江戸見物はいかがですか？　面白いお芝居もかかっているそうですよ」

「そうですねぇ。源太郎、浅草にでも、出かけてみましょうか」

志津が明るい声を出した。

「母上、私はやはり、算額が見たいと思っております」

源太郎が言った。思いつめたような顔をしている。

それほどまでに和算が好きなのか。

「そうですか。それなら、そうなさい」

志津は答えた。

「では、私がお連れいたしましょう」

梅乃が言った。

2

玄関先まで来ると、晴吾の姿があった。

「先ほどはどうも。明解塾の塾長から言伝を持ってまいりました。おや、こちらのお子さんは？」

「真鍋宇一郎様の甥御の源太郎さんです。これから算額を見に、神社までまいります」

梅乃が言うと、晴吾は源太郎の方に向き直った。

「宇一郎様のご養子になられるというのは、あなたですね。お初にお目にかかります。私は真鍋家の親戚にあたります城山晴吾と申します。宇一郎様にはいつもお世話になっております。これからもよろしくお願いいたします」

大人にするようにていねいに挨拶し、源太郎もていねいに挨拶を返した。

「算額をごらんになるというのは、和算がお好きなのですか？」

「はい。郷里の葛飾では大人の方に交じって問題を解いておりました。江戸に来ると決まってから、算額を解くのを楽しみにしていました」

「それは頼もしい。私も算額は大好きです。神社は、このすぐ近くですよ。ずいぶん、面白いものが出ています。私もご一緒してよいですか?」

「もちろんです。いろいろ和算のお話を聞かせてください」

源太郎は顔を輝かせた。

三人で如月庵を出て、石畳の路地を歩いていると、梅乃の袖がぐいと引っ張られた。振り返ると、目を三角にした紅葉がいた。

「ちょっと。抜け駆けはなしだよ」

「抜け駆けじゃないわよ。部屋のお客さんを神社にお連れするところよ」

梅乃は二人に聞こえないよう、声をひそめた。

「それ、あたしに代わって」

「だって、私が部屋係だもの」

「けち。じゃあ、あたしも一緒に行く」

そんな紅葉と梅乃のやりとりは、晴吾と源太郎の耳には届いていないらしく、和算の話が弾んでいた。

「晴吾様は和算のどういう所がお好きなのですか?」

「そうですね。なかなか解けない問題を長い時間考えて、最後にぱっと答えが出ると胸がすうっとします」

「私もそうです。あの気持ち良さは和算をしないと分かりませんよね」

「源太郎さんは、和算では何が得意ですか？」

「私は図形の問題が好きです。線を一本書き入れると、ばらばらで関係がなかったと思うものがつながって、意味が出て来る。一瞬で世界が変わるような感じがします」

「そうですね。図形の問題はそこが面白いですね。和算は理屈だけでなく、閃きも必要ですね」

二十歳になろうとする晴吾と十歳の源太郎が対等に会話をしているのが、梅乃には少し不思議な気がした。

「私は今、暦を学びたいと思っています。未来の月の満ち欠けや星の動きも計算することが出来るのですよ」

晴吾が言った。

「そうすると、来年、私たちにどんなことが起こるかも分かりますか？」

いきなり、二人の会話に紅葉が割り込んだ。

「占いとは違いますから、人の運命は分かりませんよ。でも、正確な暦が出来たら、素晴らしいと思いませんか」

「日食や月食も正確に計算できるのですね。それは素晴らしいですね」

源太郎がうなずく。

「黒船が浦賀《うらが》に来たことは御存じでしょう。いずれ、私たちもあのような軍艦を造ることになるでしょう。軍艦を造ったり、その船を操って航海する時にも和算が必要になるのですよ。私の先生は、これからは今まで以上に和算の力は重要になるといつもおっしゃっています」

紅葉がつぶやいた。

「あたしは、剣道の練習をしている晴吾さんの方が好きだな」

「そうねぇ」

梅乃はあいまいな返事をした。道着をつけた晴吾は颯爽《さっそう》としているが、はっきり言ってあまり強くはない。強いといえば八百屋のご隠居で、素早い動きに若い者もかなわない。

やはり、晴吾は和算をしている時のほうが生き生きして見える。

「でも、剣道だったら、やってみたいな」

紅葉に誘われて何度も一心館の稽古を見に行ったので、梅乃もかなり詳しくなった。

　女剣士。

　かっこいいではないか。

　梅乃は打つ真似をした。


　坂道を上りきり、小道を右に折れると鳥居が見えて神社があった。晴吾は本殿に続く小部屋の戸を開いた。そこは算額のための部屋で、壁面を埋めるように算額が掛けられていた。正面の大きな額には、三級、二級、一級、初段と四つの問題が書かれていた。

「これは明解塾の塾長が出した問題です。決められた期間内に五回続けて正解を出せば順位が上がります」

　晴吾の言葉に源太郎はにっこりと笑顔を見せた。

「三級の解き方はすぐわかります。二級は少し難しいな」

「一緒に解いてみましょう」

　二人は板の間に座り、それぞれ懐から算盤を取り出した。

　梅乃と紅葉は部屋の隅に並んで座った。

晴吾の大きな算盤と源太郎の小さな古い算盤が並び、二人は数をおいていく。

晴吾が一言、二言助言すると、源太郎はすぐに答えを見つけた。

「その調子。今度は一級の問題に挑戦しましょう」

源太郎の顔が輝いている。晴吾も楽しそうだ。

梅乃たちに和算を教えてくれているときと、目が違う。

晴吾も無理をしてくれていたのだなと、梅乃は申し訳なく思った。その脇で早くも紅葉はこっくり、こっくり居眠りを始めた。

一級は四角と三角、円を組み合わせた図形の問題だった。晴吾は風呂敷包みを解いて紙と筆を取り出した。

「どういう風に考えたらいいのかなぁ」

「よく考えて。さっきご自分で言っていたでしょう。線を一本書き加えればいいんですよ」

「そうだ。本の中に似た問題があった」

源太郎が懐から本を取り出した。表紙を見た晴吾が声をあげた。

「あれっ、この本、どこかで見たと思ったら和算明解ではないですか。岩尾冬明というのは、明解塾の塾長、私の先生ですよ」

「えっ。晴吾さんは、この本を書いた先生に習っているのですか？」

憧れと羨望の入り混じった眼差しで、源太郎は晴吾を見た。

「はい。月に二度、直接講義も受けています。知識も経験も豊かなすばらしい方です」

冬明は如月庵に何度か来たことがある。

白髪の老人で、顔には深いしわが刻まれ、考え深そうな目をしていた。冬明は日本で五本の指に入る和算の学者であり、同時に優れた教育者だ。明解塾の門人は百人以上おり、卒業した塾生が各地で塾を開いて明解流の和算を広めている。

「江戸にはたくさんの和算塾があります。塾によっては学問の成果を奥義として一部の者だけのものにするところもありますが、明解塾はそういう秘密はありません。冬明先生は学問は広く開かれるべきだというお考えで、たずねれば何でも教えていただけます。こうやって算額を出すのも、みんなに和算に興味を持ってもらいたいからなんです。私は明解塾で学んでいることを誇りに思っています」

「いいなあ。私も明解塾で学びたいなぁ」

源太郎はそう言ってから、はっとした顔になった。

「でも、体を鍛えることが先です」

「そうですね。体を鍛えることも大切です。私もみなに言われます」

晴吾が言った。

「母上が心配するので、もうそろそろ帰ります」

名残惜しそうに源太郎は顔をあげた。

「一級の問題はいいのですか？　ここで解いて行きませんか？」

「いえ。遅くなりますから」

源太郎は小さな声で、だがきっぱりと答えた。

その声で紅葉は目を覚まし、「帰りますか？」と元気のいい声をあげた。

晴吾と源太郎が前を歩き、梅乃と紅葉が後に続いた。

如月庵に帰るまで、源太郎はうつむいて元気がなかった。晴吾が気にして、あれこれ話しかけても、言葉が少なかった。

上野広小路の先に、お徒士たちが住んでいる一角がある。それなりの広さの土地が与えられ、家を建てて家族で住んでいる。お園と梅乃が住んでいた長屋とは、段違いの立派さだがお徒士の内情は厳しいらしい。

戦国の世では、攻撃や守りにたくさんのお徒士衆が必要だった。だが、今は太平の世。お徒士衆の仕事がない。それでも、親から子へと役職は受け継がれて、お徒士の総数は変わらない。幕府も財政難に苦しんでいるから、物価は上がっても俸給はずっと据え置かれている。

御家人は俸給を米でもらう。その米を金に換えるのが札差で、冠婚葬祭、本人や家族が病気になったときの薬代など困った時は、札差に前借りする。俸給が出るたび、少しずつ返す約束だが、もともとが足りないのだから、積もり積もって十年、二十年先まで借りている者もいる。朝顔を栽培したり、小鳥を飼ったりと内職しても追いつかず、身動きが取れなくなっている者もいない訳ではない。

そんなお徒士の暮らしから、一足飛びに三千石の旗本の息子になるのだ。大変な幸運であり、名誉である。しっかりやりなさい、頑張りなさいと周囲の人々から言われたことだろう。その思いに応えるつもりでいるはずだ。

だが、源太郎はまだ幼い。母と別れるのも辛いだろう。その上、宇一郎に叱責され、父にもらった大切な本を預けることになり、和算を学ぶことも禁止された。悔しく、心細く、淋しい思いをしているに違いない。

梅乃は源太郎が少しかわいそうになった。

「何か、私はいけないことを言いましたか？　算額は面白くなかったですか？」

晴吾が心配そうにたずねた。

「いえ、そんなことはありません。算額は私の思った以上にたくさんあって、素晴らしい物でした。いろいろ、いいお話を聞けてうれしかったです」

「では、どうしてそんな風に沈んでいらっしゃるんですか？　ああ、そうか。そうでした。母上と別れるのですね。でも、心配ありませんよ。真鍋様も奥様の展江様もとても良い方たちです。源太郎さんがいらっしゃるのを、とても楽しみにしていましたよ」

晴吾は真鍋の屋敷がどれほど立派で、展江の心延《ば》えがいかに素晴らしいかを語った。

源太郎は言葉少なに答え、やがて、晴吾が何を語り、何をたずねてもしゃべらなくなった。うつむいて足元を見つめていた。

頑張れ。頑張れ。

梅乃は源太郎の背中に心の中で声をかけた。

それでも、如月庵の近くになると顔をあげた。源太郎の帰りを待って、外の通りまで出て来た志津の姿が見えたからだ。

「母上。今、帰りました。こちらが真鍋家のご親戚で晴吾さんという方です。とても面白いお話を聞かせていただきました」

源太郎は元気のいい声を出した。

夕食の支度までのわずかな休憩の時間、仲居が集まる奥の四畳半に紅葉が一人でいた。和算の教本を読んでいる。傍らに猫のしま吉とたまが寝ていた。

「ねぇ、鶴と亀の足の数が分かることと、軍艦とどういう関係があるの？」

「何よ、それ」

「さっき、晴吾さんが言っていたじゃないの。これからは和算の力が大事になるって。和算って、つまり丸とか三角とか、鶴と亀の足な訳でしょう？」

「そんなの、私に聞かないで」

「世の中には算盤で計れないこともたくさんあるのにね」

紅葉が知ったようなことを言った。

「ふうん」

「恋は思案の外って言うじゃない？」

前にも紅葉はそんなことを言っていた。

「暴れ馬に乗っちゃう話？」

「そう。その人のことを考えると、胸がぎゅうっと痛くなって、うれしくなったり、泣きたくなったり、頭が痛くて吐きそうになったりする」

「恋患いってやつね」

「いいよ。茶化すんなら。もう話さない」

紅葉は教本に顔を落とした。鶴と亀の足の問題に取り組むつもりらしい。

「あの子は危なっかしいのよねぇ」と、仲居頭の桔梗がつぶやいたことがある。

紅葉は男好きのする容姿をしている。

少し眠そうな目やぽってりとした唇、手足は細いくせに、鞠を入れたように大きな胸。そういう姿に男たちは惹きつけられる。

そして、紅葉もすぐにだれかを好きになる。

「ねぇ、紅葉が如月庵に来たのには、なんか、訳があったの？」

梅乃は遠慮がちにたずねた。

如月庵の暮らしになれるにしたがって、梅乃はここが特別な場所であることに気づいて来た。玄関番の樅助には尋常でない記憶力があるし、仲居頭の桔梗は武術の使い手であるらしい。そして、それぞれ何か、あまり人には言えない事情を抱えているようだ。

紅葉は不機嫌そうに横を向いた。

梅乃はだまって白湯《さゆ》を飲んでいた。

「大井の宿にいたころ、ちょっとしたことがあったんだ」

紅葉は語りだした。

「最初は向こうから声をかけてきた」

「男の人の話？」

梅乃がたずねると、紅葉は小さくうなずいた。

「ふた月ほど前に現れて、近くの居酒屋で働いていた佐吉《さきち》っていう人。やさしくて、話が面白くて、いろんなことをよく知っていた。あたし、自分が馬鹿だから、たくさん物を知っている人に弱いんだ」

「色が白くて、背がすらっとしていたの？」

晴吾さんみたいにという言葉をのみこんだ。

「指が長くて、きれいな手をしていた。他の人には内緒で、いつもこっそり会っていたんだ」

初めて好きになった人だったから、紅葉はその人の言うなりだった。

「ある時、宿の帳場はどうなっているかと聞かれた。変なことを聞くなぁと思ったけど、旦那さんがお金の一切を握っていて、お金をしまっている場所はここでなんて、話をしてしまった。別の日、夜、こっそりお前に会いに行くから、戸を開けておけっていわれた。あたし、うれしくて舞い上がってしまった」

いつも会うのは外で、わずかな時間しかいっしょに居られない。宿に来るということは、朝までゆっくりできる。

「あんまりうれしいから、仲良しの子にしゃべってしまった。その子はそんなことしたら、だめだって怒った」

紅葉は何を言われているのかわからなかった。

「その頃、品川で何件か押し込み強盗があったんだ。一味の女や男が店の者に近づいて、鍵を開けさせたらしい。だから、注意するように言われていたんだ。佐吉は大井に来て日が浅いし、以前、何をしていたのか分からない。しかも、その晩は何日も雨降りが続いた後の晴天で、お客はみんな出立して、宿にたくさんのお金があった。その子が宿のおかみに相談したほうがいいって言って、あたしを無理やり連れていった」

おかみは頭の切れる人だった。話を聞くと、わかった、あんたは早く逃げなさいと言って、お金と馬を用意してくれた。江戸についたら、まっすぐ、この人のところに行くんだよと言われたのが、如月庵のお松だった。

「それで、大井の宿はどうなったの？」

「その晩、強盗が入った。でも、戸は開いてなかったし、捕り方が隠れていたから何人かは捕まった」

強盗は重罪だ。獄門である。

梅乃は恐る恐るたずねた。

「紅葉の知り合いだった人は？」

「逃げたって。きっと、そいつはあたしのこと、探しているね」

見つけて、どうするつもりだ。

密告した女に罰を与えるか。仲間を殺された恨みを晴らすのか。

「せめて、ふつうに殺してくれればいいけどね」

紅葉は投げやりな調子で言った。

目が異様な光を放っている。

梅乃の頭に黒こげの死体が浮かんで、消えた。

「でも、大丈夫よ。ここに居れば。みんないるし。それに、大井とは離れているから」

「それだって、一生、ここに隠れているわけにはいかないよ」

紅葉はぽってりと厚い唇の色が変わるほど嚙みしめた。

雪を見て、生まれ変わりたいと言ったのは、そういう意味だったのか。

その途端、紅葉はくるりと表情を変えた。

「うっそだよぉ。今のはみんなあたしの作り話。大井の宿にいたこともないし、そんな男と会ったこともない。だから、忘れて。今の話」

「そうかぁ。よかった。本気にするところだった」

梅乃は笑った。ふっと見ると、紅葉の目は笑っていなかった。暗い目だった。この話は本当なんだ。梅乃の手が震えた。

その時、お蕗が顔を出した。

「ちょっと、あんたたち、こんなところで何、遊んでいるのよ。もうすぐ、明解塾の岩尾様と真鍋様がお着きになるよ」

梅乃と紅葉ははじかれたように立ち上がった。


玄関に明解塾の塾長の岩尾冬明が晴吾を供に連れて来ていた。冬明は僧侶のような墨染の衣を着て、ゆっくりと静かに廊下を進んでいく。すぐに真鍋宇一郎が到着した。せかせかと大股で歩く。そして早口でよくしゃべる。冬明はゆっくりと少しだけ話す。それでも話はかみ合って、二人はうなずき合う。

この日の二人の料理は鮑《あわび》と筍《たけのこ》の和え物にさざえ、鱚《きす》、鯛のなます、白魚の卵とじ、青鷺《あおさぎ》の杉焼きなど本膳から三の膳まで豪華なものだ。いつもは酒をたしなまない宇一郎も、冬明との席だけは特別で、盃を重ねた。晴吾は最初に宇一郎に挨拶をすませると、後は二人を守るように、部屋の外で座っている。

梅乃は宇一郎に伝えたいことがあった。

源太郎のことだ。

父から譲られた本を手元に置かせてやりたい。

和算の勉強を許してやってほしい。

出過ぎたことかもしれない。

だが、算額を解いている時の目の輝き、帰り道の沈んだ様子を見てしまったから、このままにしておけない気がした。

会合が終わったのだろう。離れの方から静かな足音が響いてきた。お松が案内に立ち、その後ろにやせて骨ばった体つきの宇一郎がおり、白髪で僧侶のような墨染の衣の冬明が続く。

宇一郎はお松に何か冗談を言った。

冬明が笑う。

なごやかな様子だ。

機嫌がよさそうだ。

勇気を振り絞って顔をあげた。

「岩尾様」

梅乃が声を発するより一瞬早く、冬明の名が呼ばれた。子供の声だった。

「岩尾様、お願いがございます。私を明解塾の塾生に加えてくださいませ」

源太郎が廊下にひたと頭をつけて懇願していた。

「私は真鍋宇一郎の甥で、奥山源太郎と申します。伯父上様。私のわがままをお許しください。私は岩尾様の明解塾で学びとうございます。おっしゃるように体も鍛えます。強い体になって、上様にお仕えするつもりです。ですから、どうか和算を学ぶことをお許しください」

宇一郎と冬明の足が止まった。

「もしや、この方が今度、お身内に加わるというお子さんですかな?」

冬明が静かな声で宇一郎に話しかけた。

「さようです」

宇一郎は固い表情で答え、そのまま通り過ぎて行こうとする。

まずい。何か言わなくては。

梅乃の口が勝手に動いた。用意していた言葉はすっかり頭からとんでいた。

「源太郎様のお部屋係の梅乃でございます。私からも、お願いいたします。どうか、源太郎様に和算を学ばせてあげてくださいませ。それから、源太郎様が父上からいただいた和算明解を取り上げないでくださいませ」

宇一郎の眉がぴくりと動いた。

「お松、この宿は部屋係が、お客に指図するのかな?」

「申し訳ございません。私の仕込みが足りませんでした」

お松が頭を下げた。

「梅乃、無礼ですよ」

桔梗が走り寄って、梅乃の頭を下げさせ、それを宇一郎が手で制した。

冬明は源太郎の前で足を止め、静かに諭すように言った。

「源太郎さん、明解塾は和算を学びたいという方にはどなたにも門戸を開いております。ですが、お子さんの場合は、親御さんのお許しが必要です。真鍋様もお考えがあり、あなたのことを思ってのことと思いますから、よくよくお話をうかがって得心されてから、こちらにいらっしゃいませ」

一行は過ぎていき、廊下には肩を落とした源太郎が取り残されていた。

失敗だ。

源太郎が直訴に出るとは思わなかったし、梅乃の言葉も足りなかった。

すべてが裏目に出た。

志津が源太郎を立ち上がらせ、部屋まで連れて行き、ぴしゃりと襖を閉めた。


梅乃はお松の部屋に呼ばれた。

「ちょっと、調子に乗りすぎたようだね」

お松が言った。

「部屋係はお客に気持ちよく過ごしてもらうのが仕事だ。お客の事情に首を突っ込んじゃいけない」

梅乃は肩を落とした。

部屋係には部屋係の分がある。

分をわきまえない、出しゃばった行為だった。

「あんたは、真鍋様がどういう気持ちで養子縁組の話を進めたのか、分かっているのかい？」

お松は厳しい顔になった。

宇一郎が源太郎を養子にすると言った時、周囲は反対したそうだ。何をいまさらお徒士衆を養子にするのか、ほかにもっと家柄も素質もすばらしい男子がいるだろう。名のある家と縁組すれば、真鍋家のため、ひいては自身のためになる。

だが、そうした相手を宇一郎は一人一人、粘り強く説得していった。

その時、ひとつ、条件をつけた。

もし、源太郎が真鍋の家にふさわしくないと判断したら、すみやかにこの話は反故にする。

「真鍋様はお考えがあって言っている」

その通りだ。

「私たちは一夜の宿を貸すのが仕事だ。楽しく過ごして、旅立ってくれたらそれでいい」

梅乃はうなだれた。

「なぜ、ここが如月庵という名前なのか知っているかい？」

「二月に始めたからではないのですか？」

「のんきな娘だねぇ。それだけの理由で大事な宿の名前をつけるかい」

あきれたように言った。

「如月というのは二月、一年で一番寒い季節だ。もう一枚、着物を重ねることから衣更着《きさらぎ》、のちの時代に如月の字があてられたそうだ。心配事や悲しいこと、辛いことを抱えた人に、そっともう一枚着物をかけてあげるような宿でありたい。そこから名付けられた。あたしたちが出来るのは、その程度のことだ。だけど、これだって簡単なことじゃない。部屋係、板前、玄関番、風呂を焚く男衆たち、みんなが心を合わせて、はじめてできる。今、あの親子の肩に着せるなら、どんな布がいいのか、もう一度よく考えてごらん」

梅乃はお松の部屋を出た。

自分に何が出来るだろう。

この事態をどう収めたらいいのだろう。

部屋の前に来ると、中から志津と源太郎の争う声が聞こえて来た。

「お前は自分が何をしたのか、分かっているのですか。宇一郎様に逆らったのですよ。養子の話がなくなったら、一体、どうするつもりです」

「明解塾で学びます。立派な学者になります」

「ばかなことを言うんじゃありません。そんな余裕がどこにあると思っているんです。学問はお金持ちのすることです。私たちのようにその日の暮らしにも困るような者のすることではありません」

「ならば、葛飾に戻ります。お百姓を手伝って、何年かしたらお徒士になります」

「それができるくらいなら、苦労はありません」

志津が叫んだ。

「私たちには借財があるのです。父が病に倒れた時、薬代を札差から借りています。病気が治ったら父が返すはずでしたが、それもできなくなりました。そのお金は将来、お前が返す約束になっています。お前は一生、その借金に追われるのです。それでもいいというのですか？」

源太郎がお徒士の職につくまで、早くても三、四年はかかる。だが、その間、高利で借りた金は待ってはくれない。源太郎が一人前になるころには、元金の何倍にもなっているだろう。

梅乃は体が震えて来た。

自分は大馬鹿だ。とんでもないことをしてしまった。

源太郎の一生を踏みにじってしまった。

「宇一郎様に謝りにうかがいましょう。母も参ります。今、すぐ。申し訳ございませんでしたと、心をこめて謝るのです」

梅乃の腕がぐいと後ろに引っ張られた。振り向くと、桔梗がいた。

「立ち聞きは無用だよ」

桔梗は梅乃を押しのけると、部屋に入り、志津と源太郎に宇一郎からの言葉を伝えた。

「今日は疲れたから明日の約束は取りやめ。来ずとも良いということです」

志津の顔が白くなった。源太郎は立ちすくんだ。

「どういうことでしょう」

「お言葉通りかと思います」

「でも……」

「失礼いたします」

桔梗は部屋を辞した。

梅乃は外の廊下で立ち去ることもできず、うつむいて座っていた。

中に入って謝った方がいいだろうか。

火に油を注ぐことにならないか。

叱られるのは構わない。だが、それだけだ。何も変わらない。

部屋の中は不気味なほど静まり返っていた。

やがて、志津のすすり泣きが聞こえた。

「やっとここまで来たと思ったのに。お前はお徒士の仕事がどんなものか、知っていますか？　泥だらけになって駕籠の後先を走り、冷たい石の上に座り、狩場では草むらを駆けずり回って雉を追い立てる。お徒士なんてつまらないものです。お前には出世して駕籠に乗る人間になってもらいたかった」

源太郎の声がする。

「母上。それでは、父上があまりにもお気の毒です。父上は立派な方でした。なんでもよくご存じで、やさしい人でした。和算では一番だったではないですか。私は父上を誇りに思っております。私は父上の子ですから、その跡を継ぎとうございます」

「和算ですって？」

志津は馬鹿にしたように鼻を鳴らした。

「お徒士に和算など必要ありません。体が丈夫なら、それでいいのです。上の人の言うことを素直に聞いて、周りの人と仲良くやって、目立たぬように、逆らわぬように、要領よく立ち回るのがよいのです。お前の父はなんでも杓子《しゃくし》定規に考えて、融通が利かなくて、人の気持ちが分からない人でした。自分はいつも正しいと思う、頑固者です。周囲から疎まれて、嫌な仕事ばかり押し付けられていました。霙《みぞれ》の降る寒い日に一日中石段に座って体が冷えて風邪をこじらせ、咳が止まらなくなっても休ませてもらえなかった。もう少し気が利いて、みんなに好かれていたら、あんな死に方をすることもなかった」

　志津の泣き声が大きくなった。

「ああ、この本だ。こんな本があるせいだ。この本のせいで、お前の父は道を踏みはずした。こうしてやる」

「やめてください。私に返してください」

「母に手をあげるのですか？」

　梅乃は思わず部屋に入った。摑みあう母子にすがって叫んだ。

「お願いです。もう、それまでにしてください。お願いです」

　志津は呆けたように畳に座り、源太郎は破れた和算明解を抱いて、しゃくりあげている。

　私のせいだ。

二人をこんな風に争わせてしまったのは、自分がちゃんとしていなかったからだ。

「あなたのせいではありません。いずれ、こうなることは分かっていました。それもこの子の持って生まれた運です」

志津が言った。うつろな目をしていた。

「借りた畑があります。親子で食べていくぐらいはなんとかなります」

源太郎は本を抱えて座り込んだ。畳には破れた紙片が散っている。

梅乃は紙片を拾い集めた。

「源太郎さん、ご本を今晩一晩、私にお預けいただくことはできませんでしょうか。朝までにつくろっておきます」

源太郎は素直に本を梅乃に渡した。志津は何も言わなかった。


梅乃が奥の四畳半に行くと、紅葉が知り合いが来ていると教えてくれた。

裏口に行くと、ひっそりとお民が立っていた。人目を避けるように頭巾をかぶっている。

「あんたのところに、富八って親分さんが来た？」

「時々、いらっしゃいます。以前、播磨屋の火事のことで聞かれました」

お民は梅乃の腕をひいて、木立の脇に連れていった。

「親分さんはなんて言っていた？」

「去年の大火事は播磨屋が火元じゃないかって。それで、その時、火事だって叫んで近所の人に報せた娘がいた。その娘の行方を探している」

「そのほかには？」

「それだけです」

「本当に？」

お民は探るような目をした。

それ以外に何かあるのだろうか。

「親分さんはあんたを疑っているね。だから、核心のところは隠している」

核心って？

お民は声をひそめた。

「本当のことを話すね。驚いたらだめだよ。播磨屋の火事は失火じゃない。押し込み強盗だ。逃げる時、火をつけたんだよ。店にいた者は縛られていた。だから、逃げられなかった」

だから奥さんも娘も、みんな焼け死んだ。

「そうだよ。あんただっておかしいと思っていただろう」

「でも、火事だって叫んだ娘がいたんでしょう？」

「ああ。いたらしいねぇ。なんで、その娘だけ無事でいられたんだろうねぇ」

お民はちらりと梅乃の顔を見た。

つまり、その娘は強盗を手引きした。だから、逃げられた。

「あの日、播磨屋にいたのは十七人。ご遺体は十五体しかなかった。娘が二人、逃げている」

その一人がお園？

梅乃は自分の顔がこわばるのがわかった。

「あの頃、おねぇちゃんに親しい人はいたのかい？　好きな人がいるとか、なんとか言ってなかった？　お店に泊まるって言ったんだろ。本当にお店で仕事をしていたのかい？」

「おねぇちゃんはそんな人じゃ、ありません」

強い調子で答えた。声が震えていた。

「そうだよね。あたしもそう思いたい。お園ちゃんが強盗の手先をしたなんて、考えたくもない。でもさ、もし、そうだったとしても、あんたのおねぇちゃんが悪い訳じゃないんだよ。だって、悪い奴らはとってても頭がよくて、人を騙すのがうまいんだから。人の心の一番弱いところをつくんだ」

おねぇちゃんは強盗の手先だったの？

だから、姿を隠して、逃げ回っているの？

見つかったら殺されるの？

「そうかもしれない。それに、親分さんもおねぇちゃんの行方を追っている。強盗の手先を働いてしまったんなら、捕まったら無事じゃすまない。あれだけの人が亡くなって、大火事を出したんだ。軽くて遠島、悪くしたら……」

死罪か。

梅乃はお民の腕をつかんだ。

「どうしよう。おねぇちゃんを助けなくちゃ」

お民は梅乃の肩を抱いた。

「大丈夫だよ。あたしもいるんだ。いっしょに、あんたのおねぇちゃんを探そう。お篠もきっとあんたのおねぇちゃんといっしょにいるよ。だからさ、富八親分が来ても、話をしたらだめだよ。あたしのこともだまっているんだ。分かったね。それで、ふたりだけであの子たちを探そうね」

四畳半に戻っても、体の震えが止まらなかった。

頭の中でお民の声が響いている。

おねぇちゃんは強盗の手先だ。捕まったら、死罪。

そんなはずはない。

打ち消そうと頭をふる。

すると、また、お民の声が聞こえてくる。

おねぇちゃんが悪い訳じゃないんだよ。だって、悪い奴らはとっても頭がよくて、人を騙すのがうまいんだから。

違う、違う、絶対、そんなはずはない。

「ちょっといいかい？」

襖の向こうから桔梗の声がした。

「富八親分さんがいらしたんだ。梅乃と話をしたいそうだよ」

富八と聞いて、梅乃は飛び上がりそうになった。

梅乃がお松の部屋に行くと、お松の向かいに富八が座っていた。

「なんだか、顔色が悪いね。どうしたんだい」

お松がたずねた。

「なんでもありません。ちょっと寒気がして」

「そりゃあ、気をつけた方がいいな。この時季は暖かいかと思うと、急に寒くなったりしてな。うちのかみさんもおとついから妙な咳をしてるんだ」

富八が優しい目をして言った。

「何度も、嫌な思いをさせて申し訳ないね。あんたのねえさんの話を少し聞かせて欲しいんだ」

「播磨屋のことで、何か、新しいことが分かったんでしょうか?」

梅乃はおずおずとたずねた。

「先だって浅草で押し込み強盗があったんだ。夜更けに店に入って金を盗み、家の者を殺して逃げた。一人だけまだ息のあった娘がいてね、その娘が裏の戸を開けたと言ったそうだ」

やっぱり。

富八親分はおねぇちゃんを追っている。

「姉は、そんなことしません」

梅乃は強い調子で言った。

「間違ったことが大嫌いなんです」

「そうだろうね。私もそう思う。あんたのねえさんは、ちゃんとした娘だ。だけどさ、あの日、火事場から娘が二人逃げたんだ。一人が火事だって叫んで、もう一人を火の中から助けた。その娘たちの行方がわからねぇ。もし二人が強盗の顔を見ているんだったら、口封じされるかもしれねぇ。そいつが心配だ。だから、早く見つけてやりてぇ」

「もし、強盗の手先だったら、おねぇちゃんも獄門になりますか?」

富八は驚いた顔をした。

「どうして、そんな風に思うんだ? 何か、思い当たることがあるのかい?」

「ないです。全然、ありません。おねぇちゃんは頭がいいから、だまされたりしません。おねぇちゃんは通いの約束だけど、一人だけ早く帰るのは申し訳ないと、忙しい日は泊まることがあるんです。別にだれかと会っていたということではありません」

「そうか。そうか」

のどがからからになり、梅乃の舌がもつれた。

「梅乃、落ち着きな。親分さんはそんなこと言ってないよ」

お松が静かな調子で言った。

「そうだよ。あんたのねえさんを疑ったりしていないよ。だれが、そんな恐ろしいことを吹き込んだんだ」

富八は穏やかな言い方をした。

それなら、なぜ、わざわざ何度も自分をたずねて来るのだ。

だめだ。富八には何も言えない。言ってはいけない。

体がぶるぶると震えてきた。梅乃は膝においたこぶしに力をこめた。

「知りません。何も便りはないし、手掛かりらしいものはないんです」

「そうか。そうなんだね」

富八はうなずいた。

腹の底がちりちりする。

お園は強盗と親分の両方に追われている。

どこかに隠れている。いや、もう死んでしまったかもしれない。

もし生きていたとしても、見つかったら死ぬのだ。

獄門か、なぶり殺しか。

生きていないかもしれない。

生きていても、死んだのと同じだ。

早く見つけて、助けなければ。

梅乃は恐ろしさに泣き出しそうになった。


部屋を出ても足が震えていた。

厨の前に来ると、ひょいと竹助が顔を出した。

「あんこ炊けたんで、杉治さんがつまんでいかないかって言ってます」

呼ばれていくと、大鍋の前に板前の杉治がいた。

「なんだ、その顔。また、桔梗に叱られたか」

「違いますけど」

小豆の煮える温かい香りに包まれると、少し落ちついた。竹助が小皿に粒あんを取って手渡した。杉治がたずねた。

「お前のおやじさんのあんことどっちがうまい」

小豆の風味が口に広がった。父のあんを思い出させる、温かみのある味だった。

「おとっつぁんのあんこもおいしかったけれど、杉治さんのあんこも絶品です」

にやりと杉治は笑った。

「こしあんのほうは、さらっと品よく仕上げて、こっちの粒あんのほうは、ちょいとこくを出したんだ」

梅乃は厨の脇の腰掛に座った。杉治が柏餅をくれた。

「朝つくった奴だから、餅が硬くなっちまったが、まぁ、よしとしてくれ」

柏餅は端の方が少し乾いていたが、まだ十分やわらかく、中にたっぷりとあんが入っていた。母が生きていた頃は、父と母とお園と梅乃、一家四人で夜、こんな風に柏餅を食べたものだ。

母に続いて、父が死んだ。

お園がいなくなったら、梅乃はひとりぼっちだ。

「おねぇさん、まだ、見つからないんですか？　心配ですね」

竹助が言った。

行方が分からないのは心もとないが、見つかっても危険が待っている。

もう、どちらがいいのか分からない。

会いたいけれど、会いたくない。

どうしたらいいのだ。

「さっき、来ていたあの娘。前からの知り合いか？」

杉治が何気ない調子でたずねた。

お民のことか。

「妹がおねぇちゃんと同じ店で働いていたそうです。いろいろ親切にしてもらっています」

「どこで知り合った？」

「火事の後、お寺のところにいたら、向こうから声をかけてきました」

「そうか」

杉治はふっと真顔になった。

「あの娘にほんとにそんな妹がいるのか？　一度、誰かにたしかめてみな」

どういう意味だろう。梅乃は杉治の顔を見つめた。

奥の四畳半に戻って和算明解を手に取った。

綴じていた糸が切れ、本というよりただの古い紙の束のようになってしまっている。

梅乃は裏に紙をはって切れたところをつなぎ、読めなくなりそうな字は上から墨でなぞった。至る所に書き込みがあった。

「まず、三角形をつくることを考えよ」、「線をどこに引けばいいのか」、「よく出来ました」と丸がついている所もあった。

書いているのは二人だ。

一人は大人。もう一人は青年か。

源太郎は宗二郎から譲られたと言っていた。とすれば、大人の字は宗二郎。もうひとりは誰だろう。

「まだ、起きているんだ」

紅葉が顔をのぞかせた。

「何、これ。ひどいね。バラバラじゃない」

「だから、今、直している」

ふーんと言って、紅葉は裏表紙を眺めた。発行の日付は天保《てんぽう》年間である。

「天保っていつ？　相当古いよね」

「二十年以上前のことじゃないの」

「そんな前？　傷んでいるはずだ」

この本は宗二郎が子供の頃学び、それを息子に譲った。親子二代で学んだのだ。

だから、書き込みの文字が二種類ある……。

あれ？　変だぞ。

ならば、宗二郎の文字だけのはずだ。

もしかしたら、もう一人、持ち主がいたのではないだろうか。

その人がこの本を宗二郎に与え、それをまた、宗二郎が源太郎に渡した。

梅乃はもう一度、書き込みを見つめた。

若々しい青年の字。几帳面そうな、けれど読みやすい字。

「裏表紙の名前さ、へったくそな字だよね。自分の名前なんだから、もうちょっとうまく書いたらいいのにね」

紅葉が言った。

奥山宗二郎、奥山源太郎と名前が並んでいる。

「宗」と「二」がいびつだ。墨の色も違う。上から書き足したようだ。

元の字は……。

古い文字だけを見る。

奥山宇一郎。

梅乃は膝を打った。

関係がないと思われた二つの図形がつながって、解が導かれた時のような気持ちだ。

　つまり、こういうことだ。

　宇一郎が弟である宗二郎に、自分が使っていた和算明解を贈った。そのまま渡すのではなく、難しい箇所には墨を入れて解説をつけて。宗二郎はその本を大切に持っていて、息子の手ほどきに使った。

　だとすると、まだ、問題が残る。

　なぜ、宇一郎は源太郎が和算を学ぶことに反対するのだろう。

　——この本のせいで、お前の父は道を踏みはずした。

　志津の声が耳に響いた。

　和算は敵なのか？

3

　翌朝、梅乃と紅葉が表の坂道を掃いていると、晴吾が急ぎ足でやって来た。

「梅乃さん、あれからどうなりました。気になっていたんです。私が明解塾の話をしたのがいけなかったのでしょうか」

「晴吾さんのせいではありませんが、実は少し大変だったんです」

梅乃が答えた。

「そうですか。まさか、お話が流れるなんてことはないでしょうね」

「それが、ありそうなんです」

紅葉が言うと、晴吾は目を見開いた。

「晴吾さんの力でなんとか、ならないんですか？」

紅葉が言った。

「いや、私なぞ……。真鍋様はご自分にも、周りにも厳しい方ですから」

ため息をついた。

世間の人は宇一郎を生まれながらの天才と思っている。だが、本当は人並み以上の努力の人である。剣術を習えば、毎晩、素振り千回。床がすりきれて、張り替えなければならないほどだった。漢文も書道も能楽も、そうやって自らの物とした。

「どうして、源太郎さんに和算を禁止したのでしょう。和算と頑固さは関係ないでしょう？」

「私も不思議なのです。和算はお得意なのですよ。和算を学ぶ大切さもよく分かっていらっしゃる。だから、あんなに冬明先生ともお話が合うのです」

昔、和算が原因で、周りとぶつかったりしたことがあったのだろうか。

「そうですねぇ。それとなく、父上にうかがってみます」

晴吾は足早に去って行った。


梅乃が、つくろった和算明解を持って志津と源太郎の部屋に行くと、二人は出立の支度を整えていた。志津は梅乃から目をそらし、冷たい調子で言った。

「真鍋様に訪問は無用と言われてしまったなら、江戸にはもう用はございません。すぐに出立し、葛飾に戻ろうと思います」

昨夜は一睡もできなかったのだろう。志津の瞼が腫れている。

申し訳ありません。

梅乃はいたたまれない。

おかみのお松が顔をのぞかせた。

「おはようございます。おや、もう、ご出立でございますか」

お松は昨夜のことなど、何も聞いていないという様子で言った。

「朝ご飯の用意が出来ております。せっかくですから、食べてから出立されてはいかがですか？　少し歩けばお腹がすきます。それなら、こちらで済ませた方がよろしいですよ」

源太郎に向かって、にっこりとほほ笑んだ。

「今朝は伊豆の金目鯛が手に入りましたので煮魚にいたしました。ご存知でございましょう。金目鯛は真っ赤なお魚ですが、中は白身で脂がのっています。それを、おしたじとみりんでさっと煮ました。身はふわふわふわっと柔らかく、口の中でとろけそうです。甘辛くて、魚のおだしの出た煮汁がまた、おいしいんでございますよ」

甘じょっぱい煮汁の香りが漂ってくるようなお松の説明に、源太郎のお腹がぐうっと鳴った。

「今日は母上とお二人で、旅の宿でございますからね、お家ではなさらないでしょうが、煮汁をちょっとご飯にかけてみてくださいませ。お代わりせずにはいられませんよ。それに、ひじきの煮物、青菜のおひたし、あらめと豆腐のお味噌汁、香の物でございます。板前が昆布とかつお節で出しをとったお味噌汁は、如月庵の自慢です。もう、これは、食べていただかないと、そのお味は説明できません」

志津がどうしようか迷っているというような顔をした。

「ぜひ、食べていってくださいませ」

梅乃も頭を下げる。

「すぐに、ご用意いたしましょう。真鍋様は古くからのお客様で、私もよくご気性は存じ上げております。激しく叱責されることもありますが、またすぐご機嫌を直されます。もともと、おやさしい方ですから。ならば、こちらでゆっくりとなさって、ご沙汰を待たれてはいかがですか？」

お松の言葉に志津の表情がぱっと明るくなった。

失意の底から天上へ上った心地ではあるまいか。

さすが、おかみだ。

どうして、こんな風に相手の気持ちをしっかりとつかむことができるのだろう。

梅乃はすぐさま立ち上がり、板場に向かった。

如月庵は朝ご飯がおいしいのだが、その日の朝ご飯はさらに二重丸がつくほどのすばらしさだった。

板前の杉治は金目鯛をごくやわらかく、しかし中までちゃんと火が入っているという加減に煮て、表面の皮の部分に煮汁をからめた。つやつや、てりてりと光っていて、箸を入れると、中から脂ののった白い肌が見えて、それがほろりとくずれる。

源太郎はたちまち一膳食べて、ご飯のお代わりをした。それから、やっと人心地ついた感じで、油揚げを加えたひじきや、しゃきしゃきの青菜や、ぱりぱりといい音のする大根の漬け物を食べ、また金目鯛に戻り、それからひじきを食べ、という具合で三膳もお代わりをした。

「ごちそうさま。ああ、お腹いっぱいで立ち上がれないよぉ」

源太郎がお腹をぽんぽんと叩いた。

「まぁまぁ、お行儀が悪い」

志津が笑った。今朝初めての笑顔だ。

梅乃もうれしくなった。

梅乃が膳を片付けて板場に戻って来ると、お松が待っていた。

「私は二人を引き留めた。さぁ、これからがお前の仕事だよ。真鍋様のご機嫌を直して、お屋敷に向かえるようにしておくれ」

えっ、そういうことなの？

梅乃はあわてた。

「おかみさんはさっき、真鍋様からじき、お使いが来るとおっしゃったではないですか」

「ああでも言わなきゃ、二人は葛飾に帰ってしまう。行く末を悲しんで、途中で身投げでもされたら大変だ」

「でも、どうやったら、いいんですか?」

「お前は部屋係だろう。それを考えるのが、お前の仕事だ」

お松はさっさと部屋に戻ってしまった。

どうしていいのか、まったく分からない。

ぼんやりしていると、板前の杉治に呼ばれた。

「手が空いているなら、柏餅を作るのを手伝え」

かまどの上には蒸籠が置かれ、白い湯気を盛んに上げている。蓋をとると、晒《さら》し布に包まれた白い餅生地があった。見習いの竹助が晒し布ごとそばにある水桶に浸し、すぐに取り出して台にのせた。杉治、竹助、梅乃の三人でこね上げるのだ。

水で冷やしたとはいえ、中の餅はまだ熱い。梅乃の手の平は、たちまち真っ赤になった。

父が生きている頃、梅乃はまだ餅にはさわらせてもらえなかった。

おっかなびっくり触っていると桔梗がやって来た。

「そんなお姫様みたいなやり方じゃ、だめだ。コシが出ない」

そのくせ自分は手を出そうとせず、眺めている。

「端午の節句になぜ柏餅を食べるか知っているかい？」

桔梗がたずねた。

「知っていますよ。柏の葉は子が育つのを見届けてから落ちるんです。子孫繁栄を意味しています」

「そうだ。だけど、世の中には子供の成長を見届けられない親もいる。さぞ、無念だったろうねぇ」

「宗二郎さんのことですか？」

「そうだよ。一人息子には何も残してやれない。そればかりか病気で寝込んで薬代だなんだって、借金まで作ってしまった」

ゆうべの騒ぎのことを言っているのだ。

「それなら、真鍋様にお金を借りればよかったじゃないですか。私は最初からそう思っていました」

「そんなことできるか。男には意地ってもんがあるんだ」

杉治が独り言のようにつぶやいた。

そういうものなの？

「当たり前だ。施しは受けない」

「血を分けた兄さんですよ。しかも、お奉行まで出世した」

もっと素直になればいいのに。

「分かってないねぇ。同じようにお徒士で貧乏しているならまだしも、暮らしが違いすぎる。兄弟でも大人になれば離れてしまうこともある」

桔梗が言った。

そんなものなのだろうか。なんだか、ずいぶん難しい。

「でも、俺が源太郎の親父で自分が死ぬって分かったら、息子をお願いしますって頭を下げる」

杉治が憮然とした表情で言った。

意地もなにも、かなぐり捨てて、息子のために。

男が頭を下げるというのは、そういうことか。

本当にそんなことがあったかどうかは分からない。しかし、宇一郎は弟の気持ちに応えた。周囲を説得し、源太郎を養子に迎えることにした。

そういうことかもしれない。

「杉治さんが源太郎さんのお父さんだとしたら、今の源太郎さんにどんな言葉を送りますか？」

「もう、俺のことは捨て置け。あとはお前の人生だ。自分で運命を切り開け」

隣で、見習いの竹助がうん、うんとうなずいた。

男同士、勝手に分かり合っている。

「ほい、出来た。とびっきりの上出来だ」

杉治は梅乃の前に塗りの箱をおいた。中に柏餅が入っている。

「手ぶらって訳にはいかんだろう」

これを持って宇一郎の屋敷に行けということか。

梅乃は大きくうなずいた。


裏口を出ると、玄関のところに晴吾の姿があった。走って来たらしい、白い顔に汗が浮いている。

「梅乃さん、ちょうどよかった。真鍋様の子供の頃の話、父上にうかがいました。分かりましたよ。どうして和算を禁じるのか」

真鍋家に養子に入った宇一郎は老中の近習《きんじゅう》となり、傍でお仕えすることになった。

だが、それを快く思わない三人の先輩たちがいた。

「挨拶が悪いからはじまって、字が汚いの、掃除の仕方をしらないのと、ことごとく文句を言われたそうです。最初は真鍋様もおとなしく従っていらしたそうですが、やがて生来の負けん気を出してくる。頭もよく、気も回りますからだんだんと上の方の引き立てを得てきます。それが、彼らには悔しい。履物を隠したり、着ているものを汚す、わざと仕事を失敗させたりとだんだん意地悪はひどくなった。真鍋様は自分が正しいと思っているので、けっして折れなかった」

梅乃は宇一郎のえらの張った顔を思い浮かべた。

相手が誰であろうと、一歩も引かなかったに違いない。

ある時、近習全員が集まるお役目があったのに、宇一郎には伝えなかった。そのため、宇一郎だけがその場に間に合わなかった。宇一郎は憤慨し、先輩たちに激しく抗議した。先輩たちは宇一郎を道場に呼び、打ち据えた。

そのことは老中の耳にも入った。

「真鍋様は当然、先輩たちが叱られると思ったそうです。ところが、老中は真鍋様だけを呼んで叱った。お前はたしかに正しい。しかも、自分だけが正しいと思っている。それはお前の思い上がりだ。世の中は和算の世界とは違う。それでは通用しない。お前はみんなに謝らなくてはならない」

「そのような理屈、真鍋様は納得されなかったでしょう？」

晴吾は困った顔になった。

「どの家に生まれたかで一生が決まってしまうのが武士というものです。真鍋様はお徒士の家に生まれて、旗本家の養子になった。傍の者から見れば『あいつはうまいことをした』ということになる。真鍋様が引き立てを受ければ受けるほど、ねたまれる。足を引っ張られる。それは一生、ついて回るものなのです」

そもそも、どこの世界でも新入りには先輩のしごきがつきもので、それを耐えて仲間として認められる。理不尽と思っても、もう少し先輩の顔を立てて、折れるところは折れておけば、そこまでこじれなかったのに。頑固が過ぎるというのが周囲の見方だった。

「そこまで言われて、やっと真鍋様は理解した。心を入れ替え、その日から和算を封印しました。意地悪をした先輩たちとつきあい、一緒に遊んだ。芝居を見て俳諧に親しむ。酒を飲み、悪所にも通う。先輩たちの中に飛び込んでいったのです」

自分の正しさを頑固に主張するだけではだめだ。折れることも学ばなくてはならない。

そう伝えたかったのか。

しかし、相手は十歳の子供なのだ。もう少しやさしく、ていねいに説明してあげてもよかったのではないか。

「真鍋様にはお子さんがいらっしゃいませんから。どうお付き合いしていいのか、分からなかったのではないですか」

晴吾が言った。

宇一郎は厳しい人だから、自分で考え、答えにたどりつけと言いたかったのかもしれない。

「そうかもしれませんね。でも、今日のところは、私が仲立ちをさせていただきます。私は真鍋様のお屋敷にうかがいます。昨夜のお詫びをして、源太郎さんのことを改めてお願いするつもりです」

「頑張ってください。きっと分かっていただけますよ」

晴吾は五月の風のような笑みを浮かべた。


梅乃は宇一郎の屋敷に向かった。

坂を上った先の小日向のあたりは、大きな塀に囲まれた武家屋敷が続く。ひときわ立派な新しい館があった。

裏門で門番にお届けしたいものがあると言うと、使いが来て立派な座敷に案内された。襖の唐紙には金が散って欄間《らんま》は凝った木彫りだった。開け放った障子の向こうは池を配した庭である。庭は一面、鮮やかな若葉に満ちて、白や紅の花が咲いていた。

真鍋様は雲の上の人なのだ。

改めて梅乃は思った。

やがて、奥方の展江が出て来た。

志津より十歳は年上だろう。髪に白いものが混じり、目尻にはしわがあったが、それでもなお、美しいと思える人だった。同時に、近寄りがたい威厳があった。

急に、梅乃は気おくれした。

何をどう話したらいいのだろう。

まずは昨日の無礼を詫びることか。

迷っていると、展江がほほ笑んだ。

「如月庵にたいそう元気のいい部屋係がいると聞きました。あなたが、そうですか？」

「申し訳ありません。昨日は大変、失礼をいたしました」

梅乃は柏餅の入った箱を差し出した。

展江がひとつ手に取った。柏の葉をはずすと、白くやわらかな餅が現れた。たっぷりと餡をはさんだ柏餅は中央がぷっくりとふくれている。

ほおと、小さくため息をついた。

「眠っている赤子の腹のようですね。かわいらしい。源太郎さんのお心も、こんな風に真っ白でやわらかく、傷つきやすいのでしょうね」

「そういう方とお見受けいたしました」

まっすぐで一生懸命で。そして、とても賢く、気持ちのいい子なんです。

きっとお役に立てると思います。

ぜひ、養子縁組のお話、進めてください。

お願いします。

梅乃は心の中で何度も繰り返した。

展江は白い手の平の上の柏餅をながめている。

「源太郎さんには、守ってくれる柏の親葉はありません。今日から真鍋を父、私を母と呼んでも、心がついていくのにはまだ時間がかかるでしょう。落胆したり、挫折したり、また奮起してということを繰り返して大人になっていくのではないでしょうか。やさしい道だとは思いません。でも、やり遂げられると思ったから、お声をかけました。途中で引き返すことのできない道です。お心が決まったら、おいでくださいとお伝えください」

花の香りを含んだ風が座敷を吹き抜けていった。

「ありがとうございます」

梅乃は頭を下げた。

「真鍋からの伝言があります。お徒士の仕事を全うした宗二郎は立派な侍だった。弟を誇りに思っている」

はっとして顔をあげた。

「真鍋も、お徒士の子だと言われ続けてきました。もっと、ひどい言われ方もあったそうです。自分は何と言われてもいいが、父のことを悪く言われるのは堪らない。辛かったそうです」

展江は花のように美しい顔を梅乃に向けた。

「宗二郎様はお徒士の仕事を全うされた立派な武士《もののふ》でありました。真鍋も宗二郎様を大切に思っております」

如月庵に戻ると、梅乃は展江の言葉を伝えた。源太郎は聞き終わってもしばらくうつむいて、考えていた。やがて、顔をあげると言った。

「晴吾様のお話をうかがい、今また、展江様の言葉をうかがって得心がいきました。私が考え違いをしておりました。真鍋様のお屋敷にうかがって失礼をお詫びし、お許しいただけるようお願いをいたします。真鍋様のお気持ちに感謝し、お心に添えるよう一意専心の努力をしてまいります。母上、今までありがとうございました」

志津はうなずき、涙ぐんでいた。

その後、二人は如月庵を出立し、宇一郎の屋敷に向かった。

「行ってらっしゃいませ」

梅乃たちの挨拶に、源太郎は背筋をしゃんとのばし「お世話になりました。ありがとうございます」と答えた。

その後ろ姿はまだ少し頼りない。だが足取りはしっかりとしていた。

頑張れ、頑張れ。

梅乃は後ろ姿に声をかけた。

第四夜

一人寂しい、河童の子

1

梅雨が明けて、夏の気配が濃くなった。

その朝、いつものように掃除をしようと表に出たが、紅葉の姿がない。裏の井戸のあたりに座ってしま吉をなでている。

「悪いけど、もう、朝の掃除は止めた。梅乃一人でやって」

紅葉が言った。

「どうして？　晴吾さんも来るのよ。楽しみにしてたじゃない」

「いいの。あんただけでやってよ」

頬をふくらませた。

仕方ないので、一人で掃除をしていると、

「なんだ、今朝は梅乃だけか。紅葉はどうした？」

と樅助が手伝ってくれた。

やがて一心館で朝の稽古をするため、晴吾と源太郎が坂を上ってくるのが見えた。

源太郎は心なしか背がのびて、顔つきもしっかりとしてきた気がする。

「おはようございます。今日もいい天気ですね」

梅乃が言う。

「暑くなりそうですね」

晴吾が答える。

この一言が聞きたくて、紅葉は早起きをしていたはずなのに。どうして心変わりをしたのだろう。

「そうだなぁ。まぁ、いろいろあるんだろうねぇ」

樅助も首を傾げた。


その日、如月庵に深川の薬屋、小川堂《おがわどう》の大おかみのお重《しげ》と清太郎《せいたろう》、佐和《さわ》の若夫婦が来た。二年前から、行方が分からなくなっていた六歳になる娘の千代《ちよ》が見つかり、会いに行くという。

お重はうれしさを隠せないようすで言った。

「もう、二度と会えないものと半ばあきらめておりましたが、雑司ヶ谷《ぞうしがや》の鬼子母神《きしぼじん》にお参りに行きましたら、帰りによく似た娘を見かけたのですよ。これは、もう鬼子母神様のお導きにほかならないと喜びましてね。これから会いに行くんでございます」

　小川堂は江戸でよく知られた薬屋である。看板商品の河童膏《かつぱこう》はお重の夫、吉五郎《きちごろう》が三十年ほど前に売り出したもので、切り傷、擦り傷、やけど、水虫など、皮膚に関わることならなんでもとてもよく効く。名前の由来は、その昔、小川堂の先祖が河童を助け、そのお礼に教えてもらった薬だからだという。

　河童膏にちなみ、おかみのお松は部屋に小さな招き河童の土人形をおいた。浅草の仲見世で買ったもので、頭に皿をのせた緑色の河童が座り、右手をあげて人を呼んでいる。河童は人を水に引き込む妖怪だから、転じて幸運を引き寄せる縁起物。人を呼ぶ、金を呼ぶ、幸せを呼ぶ、千客万来、子孫繁栄を願う物だ。

「河童にもよく働いてもらいたいと願いをこめて、おかせていただきました。脇に小さなとっくりがありますが、ふだんは水を、よく働いたときはお酒を入れるとよいそうです。今日はきっとこの河童さん、お酒にありつけると思います」

　部屋係の梅乃が言うと、お重はうれしそうにうなずいた。息子夫婦の清太郎と佐和もお重の横に笑顔でいる。

　お重と清太郎はよく似た親子だった。二人ともやせて背が低く、口が少しとがって小さな黒い目がよく動く。何事にもよく気がつく商人の顔をしていた。妻の佐和は色白で、肩にも胸にもぽってりと厚く肉がついている。重そうな体だが、身軽に動いて、お重や清太郎によく仕えていた。

三人は荷物をおくと、待ちきれないという風に出かけていった。雑司ヶ谷の鬼子母神の近くに身寄りのない子供を預かっている夫婦がいて、そこに少女はいるそうだ。

昼前、一人の女の子を連れて戻って来た。清太郎に抱かれたその娘は、やはり口が少しとがって、黒い小さなよく動く目をしていた。

「おかえりなさいませ。お待ちしておりました」

お松が迎えると、お重は曲がった腰をのばし、「見てくださいまし。これが、私の大事な孫娘、千代ですよ」と言った。

「まぁまぁ、おばぁ様、お父様に面差しがそっくり。千代様、お家に帰れてよかったですねぇ」

仲居頭の桔梗が言い、ほかの仲居や下足番の樅助もうなずいた。

違う。この子は千代じゃない。

梅乃は言葉を飲み込んだ。

お救い所で一緒だった少女だ。

名前は鮒吉《ふなきち》。

きれいな絹の着物を着て、髪も結い、お救い所にいた時とは別人のようだが、あごに小さな黒子がある。

間違いはない。

幼い頃に親を失い、両国《りょうごく》の親戚の家にいたと自分で言っていた。

小川堂の娘とは違う。

鮒吉は梅乃の顔を見て一瞬、はっとした。だが、すぐに笑顔になった。

「おばぁ様、千代はうれしい」

甘えた様子で言った。

「ああ、そうかい。そうかい。私もうれしいよ」

お重はとろけそうな目になった。

「ささ、早く、お部屋に」

お松が言って、四人は足早に部屋に向かった。

部屋に入ると、お重は鮒吉を脇において離さなかった。あやとりをしよう、千代紙がいいか、何か食べたいものはないか。絶えず話しかけ、鮒吉も満面の笑みでそれに答える。うれしくて仕方がないという風にお重に甘え、清太郎と佐和はそれをにこにこと眺めていた。

一体どういうことだ。

梅乃はお茶をいれながら、ちらちらと鮒吉をながめた。

赤ん坊ならともかく、千代は六歳だという。他人の子と自分の子を間違えるはずはない。ほんとうに千代だと信じているのか。それとも、他人と知って千代と言い張っているのか。

鮒吉はどう思っているのだろう。このまま千代になりすますつもりか。

梅乃は紅葉に相談した。

「そんなの分かんないよ。おかみさんに相談したら」

紅葉はいらいらとした調子で答えた。

「ねぇ、紅葉。あんた少し変よ。何かあったの?」

「何にもない」

そう答えるが、どこか気もそぞろだ。

「ねぇ、なんで、朝の掃除をしないのよ。今日だって、晴吾さんが通って、挨拶したのよ」

「分かってる。もう、いいんだよ。あたしのことはほっておいて」

しまいには怒り出した。

紅葉のことも心配だが、まずは鮒吉だ。梅乃はお松の部屋に行った。

「じゃあ、何かい。あの子は別人だって言うのかい？」

お松は煙管に火をつけた。

「あたしにはそんな風には見えなかったけどねぇ。顔だってよく似ているよ。第一、ふた親とおばあさんが、実の娘だ、孫だって言っているんだよ。間違うはずはないじゃないか」

「そうなんですけど……」

だから、余計に分からなくなるのだ。

「お救い所にいたんですよ。鮒吉って名前で」

言葉に力をこめた。

「いたかねぇ。それで、どんな子だったんだい？」

「ちょっと手を焼く子供でした」

お救い所には最初、大人と子供合わせて三十人ほどが寝泊まりしていた。火が収まって家に戻る家族がいる中で、行き場を失ってずっといる者たちもいた。梅乃も鮒吉もそうした居残り組の一人だった。

鮒吉はよく喧嘩をした。たいてい原因は食べ物で、粥《かゆ》の量が多いとか、少ないとか。小さな子供のお菓子を取り上げたこともあった。

「性格に難ありか。ほかには」

「自分のことを、龍宮《りゅうぐう》の姫だと言っていました」

お松は笑わなかった。悲しそうな顔をした。

――あたいは、本当は龍宮の姫なの。悪い亀にだまされて、龍宮を追い出されて地上に住むことになったのよ。龍宮の姉さんたちは、あたいを捜していて、いつか迎えに来てくれる。

鮒吉は黒い瞳で梅乃を見つめ、大真面目な顔で言った。

「いいじゃないか。龍宮の姉さんの代わりに、小川堂が迎えに来た。あの家の娘になったら、もう一生お腹をすかせる心配はない」

「でも、そうしたら、鮒吉は一生、嘘をつき続けることになるんですよ。本当の千代が現れるかもしれないし、小川堂で働いている人や近所の人が気づくかもしれない」

「まぁ、いつかは分かるだろうね。そんなに世間は甘くない」

「じゃあ、どうしたらいいんですか？」

「どうもこうもないよ。それは小川堂とあの娘の問題だ」

お松は煙管をおいた。

「如月庵の仕事は一夜の宿を用意することで、気持ちよく出立してもらえればそれでいい。人を裁くことじゃない」

「分かりました」

もう、何度も言われたことだ。

だが、梅乃はそんな風に割り切れない。

なんとかしたい。その気持ちが強くなって、つい手を出す。動き回る。

今度もそうだ。

仕事に戻ったが、なんだかもやもやしている。

きっと何かが起こる。

そのことで、今度も鮒吉は傷つくに違いない。

お救い所にいた時、鮒吉と家族の話をしたことがあった。

――おとっつぁんとおっかさんは死んでしまったから、今はおねぇちゃんと二人で長屋に住んでいたの。

――いいな。あんたにはおっかさんがいたんだ。

――おっかさんのいない子供なんていないわよ。

――あたいは鮒吉だもん。魚にはおっかさんはいないよ。一人で卵からかえって、一人で大きくなるんだ。

――そんな悲しいこと言うもんじゃないわよ。

梅乃が言うと、鮒吉は平気だよと舌を出した。

――鮒吉なんて、変な名前。男の子みたいだ。

そばにいた小さな子供が言った。

――あたいが自分で考えたんだ。悪いかよ。

小突いて泣かせた。

親からもらった別な名前があったはずだ。いつ親を亡くしたのだろう。親戚の家でどんな扱いを受けていたのか。鮒吉は何も話さなかった。

顔立ちがきれいだったり、性格が素直な子はかわいがられたが、鮒吉のように癖のある子は敬遠された。子供の遊びでも、鮒吉は乱暴だからと仲間はずれにされ、一人でいることが多くなった。

ある日、大切にしていたかんざしがなくなったと女が騒ぎ出し、誰かが鮒吉が怪しいと言い出した。鮒吉は自分ではないと泣いて怒ったが、みんなはその言葉を信用せず、着物をはいで調べた。結局、かんざしは見つからず、その晩、鮒吉は姿を消した。どこに行ったのかわからない。何日かして、かんざしは別のところから見つかった。

だが、鮒吉のことを話題にする者はいなかった。

悪いことをしたとも、かわいそうだったとも言われなかった。

最初からいなかった者のように扱われた。

少し変わったところはあるが、鮒吉は根っからの乱暴者でも、嘘つきでもない。

少し夢見がちなところがあるだけだ。

そう思っていたのは、梅乃だけだったのか。

洗い物をすませ、汚れた水を持って外に出た。木立の陰に水をまくと、草の匂いが濃くなった。

鮒吉は何者なのだろう。

そうだ。雑司ヶ谷に行ってみよう。そこで聞けば、詳しいことが分かるだろう。

廊下で佐和とすれ違ったとき、梅乃はたずねた。

「じつは、私の知り合いにも火事で子供とはぐれ、行方を捜している者がおります。もしよかったら、その雑司ヶ谷のご夫婦の家を教えていただけないでしょうか」

佐和はそれは気の毒なこと、お気持ちを察しますと言って、道順を教えてくれた。

「何人も赤ん坊もおりましてね、それはもうにぎやかでしたよ。あなたのお知り合いも、お子さんと会えるといいですね」

佐和はやさしい声で言った。

湯島から雑司ヶ谷はかなりあるが、行って帰って来られない距離ではない。梅乃は紅葉に仕事を代わってもらい、雑司ヶ谷に向かった。

2

太陽が高くなると、暑くなった。雑司ヶ谷に向かって歩いて行くうちに家はまばらになり、畑になった。土埃のたつ道を歩いていくと蓮田があった。水を張った泥池は青々とした蓮の葉でおおわれて、ところどころ蓮の花が見えた。蓮の茎は太く、まっすぐに空に伸びて、蓮の葉や花をしっかりと支えている。白鷺が一羽、小魚を狙っていた。風が吹くと重なり合った蓮の葉が揺れて、白い鷺が飛び上がった。

道はまっすぐ伸びているが、人の姿は見えない。太陽はまだ高く、足元の影は黒く小さい。梅乃は首筋の汗をなんどもぬぐった。

しばらく歩くと、大きな家があった。手入れをされた広い庭にはつつじや松や梅の木が見える。木の棚には朝顔やほおずきの鉢が並んでいた。どうやら植木屋らしい。すぐ近くにも同じような家があり、その家の庭は盆栽で埋め尽くされていた。

ようやく鬼子母神の森が見えて来た。雑司ヶ谷についたらしい。

鬼子母神は人の子をとって食う、おそろしい女の鬼だったそうだ。鬼子母神には千人の子供がいて、とてもかわいがっていた。お釈迦様がその一人を隠すと、鬼子母神は必死になって探し回った。それを見たお釈迦様は、お前も子供を獲られた親の気持ちが分かっただろうと諭し、以来、鬼子母神は子育ての神様になったという。

寺を目当てに歩いていくと、小さな家が集まっている一角が見えた。どこからか赤ん坊の泣き声がする。赤ん坊は何人かいるらしく、いらだったような声が重なりあって響いてきた。古い粗末な平屋の軒先に、おむつがはためいている。

これが、その家かもしれない。

そう思ったとき、脇からひょいと赤ん坊を背負った娘が出て来た。歳は梅乃と同じぐらいだろうか。顔に疱瘡《ほうそう》のあとがあり、やせて目ばかりぎょろぎょろしている。少女の着物はすりきれ、垢じみていた。背中の赤ん坊は眠っていたが、涙でぬれたまつ毛には目ヤニがついて、顔には赤い湿疹があった。

「なんか、用?」

娘は梅乃の方を見て言った。

「千代って子のことを聞きたいんだけど。鮒吉って名前かもしれない」

「誰? そんな子、知らない」

「今朝、小川堂のおかみさんと若夫婦が来たでしょう。それであの子を連れていった」

梅乃はなぜか喧嘩腰になっていた。娘の着物が汚れていることも、赤ん坊がろくに世話をされずにいることも嫌だった。悲しかった。

「だから、何? あんたと何の関係があるの」

娘は強い目になった。

「私は湯島の如月庵という旅館の仲居なの。鮒吉という子とは、神田のお救い所でいっしょだった。今朝、その子が小川堂の人に連れられて来た。孫娘の千代が見つかったって言って。だけど、おかしいでしょう。鮒吉は両国から来たと言っていたんだから、千代のはずがない」

「鮒吉は千代なんだよ。これから千代になって生きていけばいいんだよ」

「そんな嘘が、いつまでも通用する訳ない。嘘がばれたら鮒吉は悪者だよ」

梅乃の声が高くなった。

お救い所でかんざしがなくなったとき、誰かが鮒吉が持っているのを見たと言い出した。誰が最初に言い出したのか分からない。でも、みんながそうだ、そうだと賛同した。鮒吉は乱暴で、小さい子のお菓子を取り上げたりするから、かんざしも隠したに違いない。お菓子とかんざしは全然違うのに。それでも、そういうことになった。嫌がる鮒吉を押さえつけ、無理やり着物をはがして調べた。

鮒吉が小川堂のおかみさんや若夫婦をたぶらかして、店に入り込もうとしたずる賢い子供になってしまったら、着物をはがされるくらいではすまないかもしれない。

「子供にそんな知恵はないよ」

「鮒吉は大人みたいに頭が回る。言うこともしっかりしているわ」

「かいかぶりだよ」

背中の赤ん坊が目を覚まし、娘は背中をゆすってあやした。赤ん坊はまたうとうとと眠りだした。日差しは強く、葉を茂らせた木立が娘の顔に暗い影をつくった。

娘は小さく鼻を鳴らした。

「この赤ん坊がどこから来たのか、教えてやろうか。鬼子母神の境内に捨てられていたんだよ。育てられません、申し訳ありませんって手紙がついていたってさ。子育ての神様のところに置いて来れば、誰かやさしい人にめぐり合うかもしれないって思ったんだろう。勝手な親だね」

娘は遠くを見る目になった。

「鮒吉も、あたしも同じようなもんだ。この家にいるのは、そんな子供ばっかりだよ。おとっつぁん、おっかさんて呼んでいるけど、別にあの人たちも親切心で世話をしている訳じゃない。商売なんだ。子供が大きくなったら奉公に出す。女は女郎だね。だから気に入らなければ殴るし、飯もくれない。だけど、そんな人でもいなかったら、あたしたちは生きていかれない。正しいとか正しくないとか言うのは、寝る場所と食べる物がある奴の理屈だ。あたしたちにそんな寝言は通用しない」

娘は日陰を探して腰をおろした。梅乃も近くに座った。娘が袖をめくると、腕に紫色の歯型がついていた。

「これは鮒吉が嚙んだ痕だ。河童の顔だってからかったら、本気で怒った。ここにいる子たちは、みんなちょっとのことですぐ怒る。なぐったり、蹴ったりする。人のものを盗るのは当たり前。自分たちがそうやられて来たからね。だから、奉公に行っても仲間とうまくいかなくて、帰されることもある。鮒吉だってそうさ。行儀が悪い、器量が悪い、口の利き方を知らないって言われてさ」

梅乃は仲間外れにされて、一人でさみしそうにしている鮒吉を思い出した。地面に座って棒切れで遊んでいた。

「鮒吉はずっと淋しかった。だから、家族ができてうれしいんだよ。あの子はまだ六歳なんだよ。それなのに、あの子のことを気にかけてくれる親もいないし、仲良くしてくれる兄弟もいない」

――あたいは鮒吉だもん。魚にはおっかさんはいないよ。一人で卵からかえって、一人で大きくなるんだ。

「案外、本当に鮒吉は小川堂の娘だったりして」

娘は小さく笑った。もし、そうなら、どんなにいいだろう。

「でも、金持ちの気まぐれの暇つぶしだったら、あたしは許せない」

娘は足元の石を投げた。石は地面にぶつかって鋭い音をたてた。

その時、家の中から太い女の声がした。

「お捨《すて》。誰と話をしているんだ。家の中に入っておいで」

とたんに娘の顔つきが変わった。慌てて立ち上がると、家に向かった。背を向けた娘に梅乃は声をかけた。

「話してくれてありがとう。私、鮒吉のこと、嫌いじゃないよ」

娘が振り返って少し笑った。かわいらしい笑顔だった。

鬼子母神にお参りして帰ることにした。蟬しぐれのふる参道の脇の露店で河童の土人形を売っていた。河童は釣りをしていたり、寝転がってお酒を飲んでいたりする。

「見ておいでよ。かわいいだろう。この河童は相撲を取っているんだよ。河童は相撲が好きなんだ」

男が一対の人形を手の平にのせて言った。片方がもう片方を投げ飛ばしている。

「おじさんが作ったの?」

「そうだよ。この近くの川には昔、河童が住んでいてね、子供が相撲を取っていると仲間に入れてくれと川から出て来るんだ。よく一緒に遊んだよ」

「怖くないの?」

「そういう時は、怖くない。まぁ、ちょっと生臭いけどね」

男は得意そうに言った。

梅乃は以前、浅草の見世物小屋で河童のミイラを見たことがある。暗がりでよく分からなかったが、鯉のようなウロコとカラスのようなくちばしが見えた。

「河童に注意しなくちゃならないのは、川で泳いでいる時だ。後ろからやってきて、尻子玉を抜かれる。尻子玉を抜かれた人間は溺れてしまうんだ。だから、どんなに暑くても、一人で泳いだりしちゃいけないよ」

男は真面目な顔で言った。

「そうだ、小川堂の河童膏はいらないかい。擦り傷、切り傷、水虫、やけど、何でも効く。買ってくれたら、河童の人形をあげるよ」

貝殻に詰めた膏薬を入れた小さな包みを取り出した。表に「小川堂の河童膏」とあり、髪に赤いかんざしを挿した子供の河童の絵が描いてあった。

「この河童、女の子なのね」

梅乃が言うと、男は改めて包み紙をながめて驚いた顔をした。

「そうだな。今まで気がつかなかった。河童にも男と女があるんだな」

梅乃は仕事を代わってくれた紅葉のおみやげに、ひとつ買うことにした。男は梅乃に膏薬と土人形を渡すと言った。

「本当のことを言うとね、河童は川で死んだ子供の生まれ変わりなんだ。中には親が育てられなくて川に流したりした子もいる。そういう子が河童になる。親に甘えたり、兄弟と遊んだりしたかったんだろう。だから、子供たちが遊んでいると、仲間に入れてほしくて出て来るんだ」

「親が川に流すの？」

「自分の子供を捨てたい親なんていないよ。だけど、仕方ないんだ。そうしないと、親も他の子どもも生きていかれない。哀れだ、かわいそうだ、悪いことをしたって思う気持ちが河童を生むんだよ」

梅乃は包み紙に描かれた子供の河童を眺めた。とがった口や小さな黒い目は鮒吉を思わせた。


鬼子母神様にお参りして帰ろうとすると、向こうから知った顔がやってきた。お清だった。

「あらぁ、梅乃ちゃんじゃないの」

大きな声を出して駆け寄って来た。

「今、どこにいるの？　元気そうだね。よかった、よかった。心配してたんだよ」

お清は相変わらずよく太って、温かい手をしていた。梅乃は湯島の如月庵という旅館で働いていることを伝えた。

「お園ちゃんから、何か連絡があった？」

「いえ、まだ。何度かそれらしい人がいて、会いに行ったけれど人違いでした」

「そうか……」

「妹さんがおねぇちゃんといっしょに働いていた人がいるんです。お民さんって名前でとても親切で、いっしょにおねぇちゃんを探してくれるんです」

「そりゃあ、心強いね。あの火事については、いろいろ噂があるから気になっていたんだよ。播磨屋が火元だとかね」

もう、そんな風に噂になっているのだ。もしかしたら、店の娘が手引きしたと面白おかしく語られているのかもしれない。梅乃はうつむいた。

「ごめんね。変なこと言って」

お清が梅乃の様子に気づいて言った。

「すみません。そんなことないんです。私もいろいろなことを聞いて、心配なんです」

「そうだろうね。分かるよ。大丈夫さ。お園ちゃんから、きっと連絡あるよ。あたしたちはおかげさまで大工の仕事にも恵まれてね。親子三人なんとか暮らしているよ。今度、家にも遊びにおいでよね」

いつもの笑顔になってお清は帰って行った。

本郷まで来れば、湯島まではもうすぐだ。夏の日はまだ高いけれど、そろそろ夕食の支度が始まる。梅乃は足を早めた。

道の先にお民の姿が見えた。

「お民さん」

声をかけると、驚いたように振り向いた。梅乃は気づかなかったが、近くに背の高い若い男がいた。

「知り合いとばったり会ってね」

お民は慌てたように言った。

「あんたが梅乃ちゃん？」

男が笑顔でたずねた。やさしい声だった。どこかの店者《たな》だろう。男にしては色白で甘い顔立ちをしていた。

「お民ちゃんから聞いているよ。おねぇちゃんを探しているんだろう。早く見つかるといいねぇ」

「はい。ありがとうございます」

梅乃は答えた。男は細くて長い、きれいな指をしていた。笑うと白い歯が見えた。

やさしい声で甘い顔立ち。

若い娘はこういう男に弱い。男は自分の魅力を十分知っているという風だった。

「私は叔父の店を手伝っていてね。叔父の店は上野広小路にあるんだ。お民ちゃんのいる店ともすぐ近くだよ。今度、お民ちゃんといっしょにお店に遊びにおいでよ。おいしいお菓子の店に連れて行ってあげる。お菓子は好きだろう」

「そうね。そうしようよ。梅乃ちゃん。この人、いろんなお店をよく知っているんだよ」

お民が言った。

男の目は笑っていない。梅乃を値踏みするように冷たく光っている。

なんだろう。この人、怖い。

梅乃は急に不安になった。どうしてお民はこんな人と一緒にいるのだろう。

「働いているのは如月庵だってね。いい宿だ。おかみさんのこともよく知っているよ。いいところで働いてよかったね」

「みんな、いい方ばかりです」

梅乃は用心深く答えた。

「そうだろうねぇ」

男は笑顔でうなずいた。

「あそこには梅乃ちゃんのほかにも、若い娘が働いていたよね。えっと、なんて名前だったっけ……」

もしかして紅葉のことか？　この男は紅葉を探しているのか？

「私のほかに、若い娘はいません」

梅乃は急いで答えた。

「そんなはずないよ。いたはずだよ。仲良しの娘がいるっていったじゃないか」

お民が言った。目が男と同じ色をしている。

「いません」

梅乃は繰り返した。

「お客さんはなんて、お名前ですか？　上野広小路のお店はなんというお店ですか？」

「教えたら、その仲良しの子のことも聞かせてくれる？」

男が梅乃の肩に手をのばした。梅乃はその手をよけて後ずさりした。

紅葉が朝の掃除に来なくなったのは、この男のせいだ。間違いない。絶対にそうだ。

「すみません。早く戻らないと」

梅乃は小さく頭を下げると駆け出した。如月庵の裏口まで来ると、急に力が抜けた。

「どうしたの。顔が真っ青だよ」

お蕗が驚いた顔をした。

3

夕刻、小川堂の主人の吉五郎が到着した。

吉五郎は髪に白い物が混じる、恰幅のいい男だった。部屋に入ると、鮒吉は「千代でございます」と丁寧にあいさつをした。

「そうか、お前が千代か」

吉五郎はにこりともせずに言った。

それきり鮒吉の方は見ず、挨拶に来たお松と世間話をしている。

夕食になり、梅乃はお膳を運んだ。

その日は形のいい鮎《あゆ》が入ったので、塩焼きが用意してあった。へたのとげが痛いほどとがった元気のいいなすを茶筅《ちゃせん》に切ってさっと揚げて甘辛い天ぷらのつゆをかけたもの。かぼちゃといんげんはだしをきかせた煮物にして、豆腐はまわりを寒天《かんてん》で固めている。井戸水で冷やし、さっぱりと辛子《からし》じょうゆで食べると、夏の暑さがひくようだ。薄く切って日に干してパリパリと歯触りよくなったへちまは酢の物にして、香りとこくのある豆味噌の汁は最後にみょうがを散らした。

料理が運ばれ始めると、鮒吉は落ち着かなくなった。黒い小さな瞳がくるくると動いて、皿の上を行き来した。仲居頭の桔梗にうながされて、それぞれ膳の前に座る。上座は吉五郎、隣に清太郎。お重と佐和の間に鮒吉が座った。しかし、すぐには食事は始まらず、吉五郎のために酒が運ばれ、清太郎と二人で飲み始め、それからご飯を入れたおひつが来て、待っていると炭火で焼いた鮎の塩焼きが並べられた。

鮒吉は最初こそ大人しく座っていたが、だんだんと待ちきれないという風になり、口がとがり、膳に覆いかぶさるように前のめりになっていった。

「熱いうちにいただこうかね」

吉五郎が言って食事がはじまった。

鮒吉は箸をとると、真っ先に鮎に向かった。鮒吉は箸の使い方を知らない。握るようにつかんだ箸で鮎の身をほじくった。箸をかぼちゃに突き立て、口に運んだ。

ご飯をかき込み、頬を膨らませたまま汁で流し込んだ。がつがつと腹をすかせた獣のように食べた。

くちゃくちゃと咀嚼《そしゃく》する音が響いた。

佐和が手を止め、清太郎が目をそらした。吉五郎は盃をおいた。お重はふっと夢から覚めたように、鮒吉を見た。

お芝居が終わった。

梅乃はそんな気がした。

だが、鮒吉は気づいていなかった。食べることに夢中になっていたのだ。

ご飯のお代わりをもらうと、鮎となすとへちまをのせて、ざぶりと汁をかけた。ずるずると吸い込んだ。

「いつも、そんな風に食べているのか」

清太郎が不愉快そうに言った。さっきまでのやさしさはみじんも感じられない声だった。

鮒吉ははっとしたように顔をあげた。膳の上には食い散らかした鮎の皮と身が飛び散っている。

「鮎の塩焼きは、こういう風にいただきます」

佐和が固い声で言った。

箸で鮎の身を押さえ、頭をねじってひっぱると、するりと骨もいっしょに抜けた。

鮒吉は怯えたような目でお重の顔を見た。

お重が不思議そうな顔でたずねた。

「お前はだれ？　どうして、ここにいるの？」

大きなあくびをしたと思ったら、まぶたを半分閉じ、眠そうに首をふった。

「お母様、お疲れですね。少し、隣のお部屋で休ませてもらいましょう」

佐和がお重を連れて隣の部屋に去った。それを潮に吉五郎が立ち上がり、部屋を出て行った。

鮒吉はその様子を呆然とながめていた。手元から滑り落ちた箸が畳に転がったのも気がつかなかった。

清太郎が言った。

「もう終わったよ。芝居はしなくていい」

鮒吉は意味が分からないという風に清太郎の顔を眺めた。清太郎は不愉快そうに顔をそむけた。

「あたしは、千代は……」

口からご飯粒がこぼれ落ちた。

「千代なんて娘はいない。とっくの昔に死んだ。時々、お袋は夢を見るんだ」

清太郎も立ち上がり、庭を眺めている。鮒吉だけがぼんやりと座っていた。梅乃はいたたまれない気持ちで膳を片付けた。


廊下の暗がりに鮒吉がいた。泣いていた。

「鮒吉。鮒吉だよね」

梅乃が声をかけると、鮒吉はきっと顔をあげ、梅乃をにらんだ。

「あたいは千代だ。最初から千代で、これからも千代だ。鮒吉なんて知らない」

梅乃にとびかかると、胸倉をつかんで叫んだ。

「せっかくうまく行くところだったんだ。もう少しだったんだ。おばあ様はあたいをしっかりと抱いて、涙を流してくれたんだ。よく帰って来てくれたね。よかったね。これからはうちの子だよ。もう、どこにも行ったらいけないよって。何度も、何度も言ったんだ。お前だろう。お前が告げ口した。何もかも、めちゃくちゃにした」

握りこぶしで梅乃をたたいた。小さな黒い瞳から大粒の涙があふれだした。

「お前はあたいが憎いんだ。幸せになるのが悔しいんだ。お前はいつだって、そうだ。あたいのお椀には少ししか盛ってくれなかった。かんざしが無くなった時、あたいが怪しいって言ったのもお前だろう」

「違う。違うってば」

「なんで、あたいなんだ。どうして、いつもあたいが悪いんだ」

悪くないよ。あんたは悪くない。

切なくなって梅乃は鮒吉の体を抱いた。

お前だ。お前が悪い。こうしてやる。

鮒吉は大声で泣き叫び、梅乃の髪をひっぱり、背中や腕をたたいた。

鮒吉の顔は涙でぐしょぐしょで、その顔を梅乃の胸にぐいぐいと押し付けてきた。

痛い。痛いよ。

梅乃は悲鳴をあげた。けれど、鮒吉を抱いた手を緩めなかった。

鮒吉は梅乃の何倍も悔しくて、悲しくて、苦しくて、淋しくて痛いに違いない。

「雑司ヶ谷に行ったの。お捨って娘にも会った。あんたのこと、心配していたよ。鮒吉はいい子だって言っていた。あんたは一人じゃないからね」

「余計なこと、するんじゃねえよ」

鮒吉は怒鳴った。

「だって、ほっておけないよ。私はあんたのことが心配だったんだよ。お救い所を一人で出てって、どこでどうやって暮らしているのか、分からなかったんだもの」

「嘘つくな。あたいを心配するやつなんか、どこにもいないんだ」

「いるよ。ちゃんといるから。あんたが気がつかないだけだよ。お救い所の人たちだって、あんたを悪くいう人ばっかりじゃなかったよ」

鮒吉の泣き声はさらに大きくなった。

「雑司ヶ谷に行ったら、お捨に会ったら、あたいがどんな暮らししていたか分かっただろう。お捨はね、疱瘡であばた面だから行くとこもないんだ。お捨なんて、嫌な名前、つけられてさ」

赤ん坊をあやすように、梅乃は鮒吉の背中をなでた。

「あたいの本当の名前は賤《しず》だ。庄屋さんがつけたんだ。もう子供なんか育てられないのに、生まれてきた。賤しい親から生まれた賤しい子なんだ。最初から厄介者なんだ。歳だってほんとは十二だ。食べても大きくならない質なんだ。だから、あたいにやさしくなんかするんじゃないよ」

「厄介者じゃないよ。いい子だよ」

「嘘つくな」

「私は鮒吉が好きだ」

「適当なことを言うな」

「ほんとだってば」

「やさしくするなって言っただろう。そういう奴にはこうしてやる」

鮒吉は梅乃の懐に手を突っ込むと、お守り袋を引っ張りだした。

「それは、だめ。返して」

「ほらみろ」

鮒吉はうれしそうな声をあげた。

「このお守り、あたいにくれよ。あたいのことが好きなんだろう」

「おっかさんの形見なのよ」

「だから、口先ばっかりだって言うんだよ」

梅乃が伸ばした手を鮒吉はふり払った。鮒吉は中から緑の石を取り出した。

「なんだよ。こんな石。何が、おっかさんの形見だ。あたいにはおっかさんはいないんだよ」

投げようとする手を誰かの手がつかんだ。

「もう、それぐらいにしとけ」

吉五郎だった。

「その娘に罪はない。悪いのは私たちだ。謝るよ。だから、その石を返してあげなさい」

吉五郎はなだめるように言い、鮒吉の手から石を取って梅乃に返した。

鮒吉は肩を落とし、されるままになっていた。

吉五郎は梅乃と鮒吉の隣に座った。

それきり、吉五郎は何も言わなかった。梅乃も黙っていた。鮒吉は声を殺して泣いていた。

静かな時間が流れた。

「話は聞いているのかと思っていたよ。あんまり芝居が上手だったたからね」

この人たちは最初から千代でないと分かっていたというのか。

「芝居じゃないです。この子は本当にうれしかったんです」

梅乃は鮒吉を弁護した。

「そうだろうな。悪いことをした」

吉五郎が静かな調子で言った。

「千代は私たちの娘だ。十歳の時に死んだ。清太郎の五歳上の姉だから、生きていたらもう大人だ。今頃嫁に行って、大きな子供がいるだろう」

鮒吉は涙にぬれた目をあげた。

「その頃、私たちは商売を始めたばかりだった。夜は薬を工夫して、昼間はお重と二人で薬を売っていた。今日みたいに暑い日だったよ。清太郎が川で遊んでいて流された。千代が助けようとして、溺れた。泳ぎが得意で、河童の子なんて言われていたのが、仇になった。かわいそうなことをした」

吉五郎はうつむいた。

「私たちは千代のことを忘れまいと、薬の名前を河童膏と変えて売り出した。包みには女の子の河童の絵を描いた。河童に教わったっていうのは、私たちの故郷にそういう話が伝わっているからだ。千代に笑われないようにと一生懸命働いた。お蔭さまで河童膏はよく売れて、店も大きくなった」

様子が変わったのは三年前だ。お重が転んでしばらく寝付いた。ようやく歩けるようになった一月後、千代に会ったと言い出した。調べてみると、水茶屋に引き取られた身寄りのない娘だった。たしかによく似ている。お重は千代、千代といって可愛がった。なぜか千代は子供ではなく、孫ということになっていた。

「だが、それも一日だけのことだ。翌日になるとお重はぼんやりし、三日ほどするとその娘のことをすっかり忘れていた」

それから毎年、夏になるとお重はどこかで千代によく似た娘を見つけるようになった。水神様の境内で、隅田川の橋のたもとで、あるいは水芸を見た芝居小屋で。

「千代を不憫《ふびん》だと思っているんだろうなぁ。あのころは貧乏で、ろくなものを食べさせられなかった。上品ぶっている清太郎だって、昔はあんたと同じように、汁かけごはんにして食べていたよ」

吉五郎は遠くを見る目になった。

鮒吉がつぶやいた。

「そんな話、今初めて聞いた。あたいはあの家の人にだまされていたんだね」

うまく取り入って、小川堂の子供になれ。もうお腹を空かせることもない。毎日、おいしいものを食べて、ふかふかの布団に寝られる。

そんな風に言われたのかもしれない。

鮒吉は必死でお芝居をした。

梅乃は懐から鼻紙を取り出してはなをふいた。鮒吉はおとなしくされるままになっていた。

「あの家には帰らないほうがいいだろう。だけど、小川堂に来るってわけにもいかないよ。かわいそうだけどね。そういうわけにもいかない。知り合いの家で行儀見習いを探していたから、そこに行ったらどうだ」

鮒吉は困ったように、吉五郎と梅乃の顔を見た。

「行儀見習いというのは、女中さんのようなものよ」

梅乃が教えた。

「隠居した夫婦のところだから、仕事はそれほど大変じゃない。やさしい人たちだよ。読み書き算盤も教えてくれる」

鮒吉は安心した顔になった。

夜遅く駕籠が来て、小川堂の四人は帰って行った。

鮒吉はもう一晩、梅乃たちと一緒にいて、明日の朝、その家に行くことになった。

その晩は仲居たちの部屋に泊まることにした。梅乃の隣に床を敷くと、鮒吉は「やわらかい布団だ、あったかいね」と喜んだ。

ときどき干してはいるけれど、薄い布団だ。とくに柔らかいわけでも、温かいわけでもない。だが、鮒吉はこんな布団も贅沢に感じる暮らしだったのだろう。

翌朝、吉五郎から言いつかったと店の手代が来て、鮒吉は出て行った。

最後に鮒吉は梅乃の傍に来て言った。

「いろいろありがとう。意地悪言ってごめんね」

「いいの。気にしてないから。元気でね。もう逃げ出すんじゃないよ」

「分かってる」

へへと笑った鮒吉の顔は穏やかだった。

「そうだ。ひとつ、忘れてた。あんたのそのお守り袋だけどさ、同じようなものを持っている娘《こ》を見たことあるよ」

お園が赤いちりめんの布と紺色のひもで作ったお守り袋だ。似たようなものを持っている人は何人もいるだろう。

「石はどうだった？　石も入っていた？」

「うん。緑の石が入っているって聞いた」

おねぇちゃんかもしれない。

梅乃は胸がどきどきしてきた。

「どこで見たの？」

「このすぐ近くだよ。法徳寺《ほうとくじ》ってところ」

法徳寺なら、坂の上の古い大きな寺だ。

「でも、雑司ヶ谷に行く前だから、結構、前の話だ。今もそこにいるかどうか、分からない」

「その娘はどんな様子だったの?」

鮒吉はしばらくだまり、小さな声で言った。

「ほとんど食べないし、しゃべらない。ずっと壁を見つめている」

梅乃は息をのんだ。

エピローグ

梅乃が法徳寺に行くというと、紅葉がついて来た。

「やっぱり、外にでると気持ちがいいね。このところ、如月庵にこもってばかりだったから、ちょっと気がくさくさしてたんだ」

そう言いながらも、どこか落ち着かない様子だ。

「このごろ、朝の掃除も来ないけど、何か理由《わけ》があるの？」

「まぁ、ちょっといろいろね」

「大井の男によく似た人を見かけたから？」

梅乃がたずねると、紅葉の顔つきが変わった。

「私も会った。色白で甘い顔立ちで、笑うと白い歯が見えて、やさしい声を出す人だった」

紅葉の目が大きく見開かれた。

「いつ？　どこで会った？　この近く？」

「昨日、ちょうどこの坂の上。法徳寺の近く。お民さんと一緒だった」

「つまり、お民って人は佐吉の仲間だってこと？　あんたを利用しようと近づいて来たわけ？」

「知らない。もう、何を信じていいのか分からない」

梅乃は強い口調で言った。

あの男が佐吉と決まったわけじゃないし、お民には本当に妹がいて、その娘を心配して探しているのかもしれない。

そう信じたかった。

だが、それならどうしてあんな目で梅乃を見たのだ。なぜ、執拗に如月庵にはもう一人若い娘がいるはずだなどと言ったのだ。

梅乃はお民を頼りにしていた。やさしい言葉をかけてもらってうれしかったし、一緒にいると安心できて、姉といるような気がしていた。

あれはみんな嘘だったというのか。

あの男が佐吉で、お民もその仲間だというのなら、二人は紅葉とお園の両方を探している。

そして、もう手の届くところまで来ているのだ。

如月庵を出て湯島天神を脇に見ながら坂道を上ると本郷に出る。武家屋敷の並ぶ町は人通りも少なく静かだ。

法徳寺はわき道に入って少し歩いたところにある古い寺だ。

石の山門があり、周囲をぐるりと高い塀で囲まれていた。石畳の参道の脇を進むと、つつじやかえで、山百合の花が迎えてくれた。

本堂の脇の小部屋を訪ねると女が出て来て、住職を呼んでくれた。

梅乃が姉を探していると言うと、住職は固い表情で答えた。

「こちらには何人かのご病人がいらっしゃいます。ですが、病状があまり良くないので、面会は御無用ということにさせていただいております」

「この娘は去年の火事でおねぇちゃんと離れ離れになって、ずっと探しているんです。少しの時間でいいんです。おねぇちゃんかどうか、確かめさせてもらえませんか？」

紅葉が頼んだ。

「以前にも、そういう方がいらっしゃいました。ですが、ここにいる方は、心も病んでいるんです。知らない方が近づくと、怖がって泣き叫びます。医者にはそうやって心を乱されるのが一番悪いと言われました」

梅乃はお守り袋の中の緑の石を取り出した。

「母の形見です。私の姉なら、きっとこの石を大事に持っていると思います。このような石を持っている方は、いらっしゃらないでしょうか」

住職の眉が少しあがった。

石を持っている者がいるのだ。

「お願いします。怪しい者ではありません。姉を探しているんです。遠くからでもいいんです。そっと見るだけでもいいんです。お心を乱さないようにいたします」

梅乃は必死で頼んだ。

住職は何かを確かめるように梅乃の顔をながめた。

「分かりました。ご案内いたしましょう。何度も申しますが、ここにいらっしゃる方はいつも何かに怯えています。ちょっとした物音にも泣き叫ぶのです。絶対に、大きな声を出したり、無理に近づいたりしないでください」

梅乃と紅葉は住職の案内で裏手にある小屋に行った。戸を開けると、中は薄暗く、汗と糞尿と薬の入り混じった臭いが鼻をついた。十畳ほどの部屋に布団が敷かれ、女ばかり六人が寝ていた。一番奥に布団に座って壁を見ている娘がいた。

「お探しの方は、奥のあの方ではないですか?」

娘はひどくやせていた。着物はまるで厚みというものが感じられない。その体を小刻みに揺らしている。髪は乱れ、首に火傷の痕が見えた。

梅乃は目をこらした。

頭の形、首から肩に続く線。

違った。お園ではない。

「残念です。姉ではありませんでした」

「そうですか。お役に立てず、申し訳ありませんでした」

住職が静かに答えた。

「あの娘さんは何というお名前ですか？　以前は何をしていた方ですか？」

紅葉がたずねた。

「お時《とき》さんと聞いています。おそらく本当の名前ではないのでしょうが」

「ありがとうございます。お手間をおかけしました」

梅乃は住職に礼を言い、小屋を出た。

上野から下谷、浅草、吉原まで嘗め尽くすような大きな火事だったのだ。

何百、何千という人が店や家を失い、体や心を傷つけられたのだろう。

姉もどこかで、こんな風にだれかの親切にすがってひっそりと生きているのだろうか。

梅乃たちは参道に引き返した。

その時、人の気配がした。梅乃たちと入れ違いのように小屋に向かっている。

「こんにちは。ご気分はいかがですか？　苦しかったり、痛い所はありませんか？」

あの声は。

「おねぇちゃん」

叫ぶと、娘が振り向いた。お園だ。色白の丸顔で、きれいな二重瞼の大きな目、指でぽちっとつまんだような鼻。

もう一度見たいと思っていた姉の顔だ。

夢中で走り寄り、抱きついた。

お園が梅乃の背中をなでた。温かい手だった。梅乃は大きな声をあげて子供のように泣いた。

とうとう会えた。

とうとう会えた。

だけど、どうしてここに？

なぜ、連絡をくれなかったの？

聞きたいことはいっぱいあるのに、言葉にならない。

「ごめんね。心配かけたよね。よく探してくれたね。ありがとう」

住職がそっと近づいて、三人を本堂の脇の小部屋に招じ入れた。

「あの娘はお篠という名でね、播磨屋でいっしょに働いていた娘なの」

お園はぽつり、ぽつりと話し出した。

お篠は近くの店で働いている手代と仲良くなった。

「佐吉という名前だった」

紅葉が暗い目をしてうつむいた。

「何か月か前に雇われた人で姿のいい人だった。話が面白くて、いろんなことを知っていた。時々、蛇のような目をすることがあるから、私は苦手だったけれどお篠ちゃんとはすぐ仲良くなったらしい」

お篠は佐吉と付き合い始めたことをひみつにしていた。佐吉が黙っていろと言ったのだ。だから、お園はお篠と佐吉の仲をまったく知らなかった。

けれど、あの晩、お篠はお園にだけ打ち明けたのだ。

――今夜、佐吉さんと会うから、夜中にこっそり店を抜け出す。

「お篠ちゃんは本当にうれしそうだったけど、私、なんだか、嫌な気持ちがしたの。それで、大丈夫？　だまされていないって聞いたら、お篠ちゃん怒っちゃって口をきいてくれなくなった」

お園はその晩、お篠が寝床を出ていくと、こっそり後をつけた。

お篠が店の裏の戸の閂《かんぬき》をはずすと、黒ずくめの男たちが入ってきた。お園は脇の物入れの中に隠れた。

店の者全員が集められ、頭領らしい男が主人に金を出せと言った。抵抗した番頭は腹を刺された。

「ドスンって音がして、悲鳴が上がった。その後、佐吉の怒鳴り声がした。俺は大井で何人も殺して来たんだ。お前らもこうなりたいか。私は物入れの中で震えていた」

主人は男たちに言われるままに蔵の戸を開け、金を渡した。その後、男たちはみんなを縛り、油をまいて火をつけて逃げた。

「男たちがいなくなったと分かっても、私は怖くて物入れから出られなかった。そのうち、戸の隙間から煙が入って来て、火が迫って来たのが分かった。それでも体が動かないの。そのとき、どこからか『しっかりしなさい』っておっかさんの声が聞こえた。いつの間にか、お守り袋を握っていたの」

物入れから飛び出すと、部屋の中は炎と煙でいっぱいだった。表の通りに出て火事だと叫んだ。人が来て、水をかけたが火の勢いが激しくて手がつけられない。

「人影が見えたから、まわりの人に助けてもらって引っ張り出した。それがお篠ちゃん。それから二人で逃げた。佐吉たちに見つかったら殺されると思ったから、名前を変えてあちこちのお救い所を渡り歩いた」

だが、そのうち、お篠の様子がおかしくなった。

火傷もひどかったが、それ以上に心が病んでいった。生きていても仕方がない、死んでお詫びをしたいと言うようになった。

「そんな時、お救い所に来ていたお医者さんにこのお寺を紹介されたの。あんたが如月庵にいることは、寺の女の人が教えてくれた」

「それなら、どうしてもっと早く連絡をくれなかったの？　心配していたんだよ」

「ごめんね。私もそうしたかった。だけど、あんたを巻き込みたくなかったのよ」

梅乃はお園の手をしっかりと握った。その手は荒れて、指先が冷たかった。ふっくらとした娘らしい手だったが、今は肉が落ちて指の節が目立っている。

「お民という人を知ってる？　お篠さんのおねぇさんらしいけど」

紅葉がたずねると、お園は苦いものを噛んだような顔になって首をふった。

「お篠ちゃんには弟がいるけど、おねぇさんはいない」

やっぱり、そうか。

梅乃は悔しいのと悲しいので、また涙が出た。

その時、表で人の話し声がした。戸を薄く開けて外を見ると、住職と男女の二人連れが話をしていた。女はお民、隣の男は佐吉だった。

「大変だ。どうしよう」

梅乃の声が震えた。

「とうとうここまで、分かってしまった」

お園は低い声でうなった。

「ここにいちゃだめだ。如月庵に逃げよう」

紅葉が立ち上がった。

「だけど、お篠ちゃんはどうするの？　あの子は動かせないよ」

お園が悲鳴のような声をあげた。

「あの娘は言葉が出ないんだろう。佐吉たちが探しているのは、お園さん、あんたの方だ。あの日の一切を知っているのはあんた。大井のことを知っているのはあたし。あたしたちの息の根を止めたいんだよ」

紅葉が強い目をして言った。

「怖がったら負けだよ。二人とも、しっかりしな。向こうは二人、こっちは三人。大丈夫。逃げられるよ」

紅葉が梅乃の手を握った。その手にお園が自分の手を重ねた。

「分かった」

お園は覚悟を決めたように顔をあげた。白い顔に血の気が戻った。

「私はあんたのおねぇちゃんだもの、しっかりしなくちゃ」

外をうかがうと、佐吉とお民はまだ住職とやり取りをしていた。住職は二人を小屋に案内するつもりはないらしい。

押し問答の末、いったんは帰る様子を見せた。だが、次の瞬間、佐吉は住職をつきとばした。住職はうずくまって動かない。佐吉とお民は小屋に向かう。

「だめ、お篠ちゃんが危ない」

梅乃の制止を振り切ってお園が外に飛び出した。

「佐吉、あんたが探しているのは私でしょう」

その声で佐吉が振り向いた。口元に笑みが浮かぶ。

「お園かぁ。久しぶりだなぁ。会いたかったよ。あれ、なんだ、千鳥じゃねぇか。お前もいたのか。大井じゃ世話になったなぁ。会いたかったよ」

佐吉はロリ、ローリ、リリと舌を丸め、歌うように繰り返した。

二人の間だけで通じる呼び方なのだろう。

甘い声だった。毒を含んだ蜜のような。

紅葉の顔が白くなった。額に汗を浮かべ、立ちすくんでいる。

佐吉が紅葉に近づく。腕を伸ばした。あと一歩足を進めたら、指先が肩に届く。

お園も呆然と見つめている。

いけない。

梅乃はすばやく自分の下駄を脱ぐと、その下駄で力任せに佐吉の顔をなぐった。不意を打たれた佐吉は顔を押さえてうずくまった。

「おねぇちゃん、紅葉、早く」

紅葉がはっとしたように体を震わせた。お園が紅葉の手を引いて走り出した。梅乃がその後に続く。墓の間を抜けてその先の竹林をめざす。

袖をつかまれたと思ったら、強い力で引き戻された。振り返ると、お民の顔が間近にあった。お民に突き飛ばされて、梅乃は地面に転がった。

「このあま」
お民の声。腹に衝撃が走る。一瞬、目の前が赤くなった。息ができない。
薄く目を開けると、佐吉とお民の後ろ姿が見えた。
だめだ。
二人につかまってしまう。
立ち上がろうとしたが、足に力が入らない。両手をついた。倒れた。
悔しい。けれど、どうにもならない。
——しっかりしなさい。
どこからか声が聞こえた。胸に手をあてるとお守り袋に触れた。
そばにあった竹を杖にして立ち上がる。
足をひきずり、歩く。水の中を進むように足が重い。蹴られた腹が痛い。
竹林の向こうから、お園の叫び声が聞こえた。
だれか、あの声に気づいて。
助けに来て。
竹林の先、木戸の前にお園と紅葉が追い詰められていた。
梅乃は音を立てないように近づいて、竹林に身を隠した。

「大きな声を出したら命はないぞ」

佐吉の低い声がした。

「紅葉さんには手を出さないで」

お園はすすり泣いている。

「相変わらず、お園ちゃんはかわいい声だねぇ。だけど俺は天邪鬼だからさ、そう言われると、逆らいたくなる」

佐吉は懐から匕首《あいくち》を取り出して紅葉の顔にあてた。

「あの時のお返しをしなくちゃな。あんたのお蔭で仲間が何人もひどい目にあった。牢屋で石を抱かされたり、逆さにつるされたり、その挙句に獄門だよ。苦しかっただろうなぁ。痛かっただろうなぁ。だけどさ、そんな目にあっても口を割らなかったから、俺は今でもここにいる。ありがてぇもんだ」

「人が来るだろう。ぐずぐずしないで、早くやっちまってくれ」

いらだったようにお民が叫んだ。

「分かったよ。うるせぇなぁ」

佐吉が刃先ですっと紅葉の首筋をなぞった。赤い血が噴き出した。佐吉は指でその血をぬぐうと、うっとりと見つめた。

「若い娘の血は赤くてきれいだな」

「早くしろってば」

佐吉とお民がやり合っている。梅乃が竹林から合図を送ると、お園が気づいた。

お園が胸に手をあて、小さくうなずく。

梅乃も胸に手をあて、お守り袋に触れた。

よし、今だ。

お園が大声をあげる。同時に、梅乃も叫び声をあげて竹林から飛び出した。

「なんだ?」

佐吉が振り向く。紅葉が佐吉の腕に嚙みつく。お園がお民の腹を蹴る。

梅乃は夢中で竹を上段に振りかぶった。

「えーい」

叫び声とともに佐吉の頭上から振り下ろす。竹が佐吉の脳天を打つ。

ぱーん。気持ちのいい音がした。

佐吉がゆっくりと倒れる。梅乃は大きく右に払ってお民の胴を打つ。

お民が声をあげてのけぞった。

だが、そこまでだ。蹴られた腹がちぎれそうに痛くなり、そのまま膝からくずれて地面に倒れた。目の前が暗くなった。

「でかした。もう、大丈夫だ」

男の声で気がついた。見上げると杉治がいた。横にお園と紅葉の笑顔がある。

梅乃は夢から覚めたような気がして、あたりを見回した。

佐吉とお民が縛り上げられ、桔梗が立っていた。

助かったんだ。

無事なんだ。

「えらかったねぇ。ありがとうね。あんたのおかげで助かったよ」

お園が梅乃を抱きかかえ、紅葉に背中をなでた。とたんに涙があふれて来た。大きな声をあげてわあわあ泣いた。

「怖かったよぉ」

「そうだね。ごめんね」

淋しかったよ、会いたかったよ、心細かったよ。

胸につかえていたものを、全部いっぺんに洗い流すように涙が後から後から溢れてきた。

後で聞くと、寺の女が如月庵に助けを求めてくれたのだという。

佐吉とお民は報せを受けてやって来た富八親分に渡された。二人が捕まったことで、ほかの仲間も取り押さえられた。

それからひと月。

梅乃は相変わらず、如月庵で部屋係をしている。お園も今まで通り、法徳寺に通い、お篠の世話をし、最近は法徳寺を紹介してくれた医師のもとで手伝いもしている。

そうすることは、二人で相談して決めた。

梅乃は如月庵が好きだったし、お園もお篠の傍にいてやりたいという。

朝、梅乃と紅葉が表の坂道を掃いていると、晴吾と源太郎が坂道を登ってくるのが見えた。

「おはようございます。今日もいい、お天気ですね」

晴吾が涼やかな声で挨拶する。

「梅乃さん、私は昨日、一心館で褒められました。剣道も楽しいですね」

源太郎がはきはきとした様子で言う。

「梅乃さんも、一緒に稽古をしませんか？　館長先生も稽古風景を見ただけで身につくとは、筋がいいと感心していました」

晴吾が続ける。梅乃は悪者二人を竹で打ちすえた女傑として、このあたりではすっかり有名になってしまった。

「いえ、いえ、とんでもないです。あの時は姉や紅葉を助けようと、もう夢中でしたから」

道場に行ったのは剣道に興味があったのではなく、紅葉が晴吾を見たいというからついて行っただけだとはとても言えない。

二人を見送って、駆け足で如月庵に戻る。全員が集まって、朝一番の打ち合わせになる。お松と桔梗、杉治、樅助……。ほかのみんなはすでに集まっていた。

「紅葉、梅乃。遅刻。また、余計なおしゃべりをしていたんだろう。今日は、お客さんがいっぱいで忙しいんだよ」

桔梗が声をとがらせるのも、毎朝のことだ。

今日はどんなお客さんが来るのだろう。

いつかお松や桔梗のように、お客さんの気持ちに添ってお世話ができるようになるだろうか。

まだまだ学ぶことはたくさんある。

もし、お救い所でお松に会わなかったら、梅乃は如月庵に来なかった。紅葉や桔梗や、ほかのみんなにも会えなかった。部屋係になることもなかっただろう。

考えれば不思議なことだ。

それが縁《えにし》というものだろうか。

打ち合わせが終わって部屋に戻るお松を追いかけて、梅乃はたずねた。

「おかみさんは、どうしてあの時、私に声をかけてくださったんですか?」

「なんだよ、突然」

お松は振り返って言った。

「だって、あの一言がなかったら私はここに来られなかったわけでしょう」

「そうだね」

「ありがとうございます」

おかしな子だねと言って、お松は笑った。それから、急に真顔になって言った。

「声をかけたのはね、あんたによく似た女《ひと》を知っていたからだよ」

「私によく似た?」

「ああ。同じような緑の石を持っていた」

梅乃ははっとしてお松の顔を見た。

「あんた、おっかさんの若い頃に似てるって言われたことはないかい?」

「おかみさんは、私のおっかさんを知っているんですか? 会ったことがあるんですか?」

お松は遠くを見る目になった。

「あたしはあの女に命を助けてもらったんだよ」

はじめて聞く話だ。

母とお松の間に、一体、何があったのだろう。

「古い話さ。そのうち、聞かせてあげるよ」

お松は足早に去って行った。

梅乃が如月庵に来たのは偶然ではなかった。縁の糸でつながって、来るべくして来たのだ。紅葉も桔梗も樅助も、そうした縁でここに引き寄せられたのだろうか。

上野広小路から湯島天神に至る坂の途中に如月庵はある。知る人ぞ知る小さな宿だがもてなしは最高。かゆいところに手の届くような気働きのある部屋係がいて、板前の料理に舌鼓を打って風呂に入れば、旅の疲れも浮世の憂さもきれいに消えてしまうとは常連の言葉。
けれど、この宿は少しひみつを隠している。
それが何なのか、新米部屋係の梅乃にはまだ分からない。

この作品は書き下ろしです。

湯島天神坂
お宿如月庵へようこそ

中島久枝

2017年　10月　5日　第1刷発行
2020年　10月25日　第5刷

発行者　千葉　均
発行所　株式会社ポプラ社
〒一〇二-八五一九　東京都千代田区麹町四-二-六
電　話　〇三-五八七七-八一〇九(営業)
　　　　〇三-五八七七-八一一二(編集)
ホームページ　www.poplar.co.jp
フォーマットデザイン　緒方修一
組版・校閲　株式会社鷗来堂
印刷・製本　凸版印刷株式会社
©Hisae Nakashima 2017　Printed in Japan
N.D.C.913/293p/15cm
ISBN978-4-591-15635-3
落丁・乱丁本はお取り替えいたします。
小社宛にご連絡下さい。
電話番号　〇一二〇-六六六-五五三
受付時間は、月～金曜日、9時～17時です(祝日・休日は除く)。

本書のコピー、スキャン、デジタル化等の無断複製は著作権法上での例外を除き禁じられています。本書を代行業者等の第三者に依頼してスキャンやデジタル化することは、たとえ個人や家庭内での利用であっても著作権法上認められておりません。
P8101339

日乃出が走る

浜風屋菓子話

中島久枝

時は明治二年。世の混乱と父の謎の死により店を閉めざるをえなくなった老舗菓子店・橘屋のひとり娘である日乃出は、店を再建するため「百日で百両、菓子を作って稼ぐ」という無謀な勝負に挑む。勝敗の鍵を握る幻の西洋菓子「薄紅」のレシピを追い求め、日乃出は走る！　ポプラ社小説新人賞特別賞受賞作。

ポプラ文庫好評既刊

初恋料理教室

藤野恵美

京都の路地に佇む大正時代の町屋長屋。どこか謎めいた老婦人が営む「男子限定」の料理教室には、恋に奥手な建築家の卵に性別不詳の大学生、昔気質の職人など、事情を抱える生徒が集う。人々との繋がりとおいしい料理が、心の空腹を温かく満たす連作短編集。特製レシピも収録！